코카서스 사진편지

나태주 시인에게 쓰는 여행 에세이

코카서스 사진편지

초판 발행 2019년 10월 14일

지은이 **김혜식**
펴낸이 김선기
펴낸곳 (주)푸른길
출판등록 1996년 4월 12일 제16-1292호
주소 (08377) 서울시 구로구 디지털로 33길 48 대륭포스트타워 7차 1008호
전화 02-523-2907, 6942-9570~2
팩스 02-523-2951
이메일 purungilbook@naver.com
홈페이지 www.purungil.co.kr

ISBN 978-89-6291-834-2 03810

Armenia · Georgia · Azerbaijan

나태주 시인에게 쓰는 여행 에세이

코카서스 사진편지

김혜식 글/사진

푸른길

이번 여행기는
제 여행에 늘 박수 쳐 주시는
나태주 시인을 위해
바칩니다.

나태주 선생님께

"혜식 씨, 이번은 어디로 가?"

그 마음 걸려서 가방 속에 선생님의 시집 한 권 집어넣었습니다. 함께하진 못해도 선생님의 시와 함께 떠나기로 했답니다. 쉬는 동안 틈틈이 시집을 펼치고 하나씩 읽었습니다. 시집 안의 계집아이도, 풀꽃도, 분꽃도 함께 여행을 했습니다. 게스트하우스 뜰 봉숭아꽃 옆에 앉아서는 선생님의 '봉숭아여'를 읽었습니다. 수도원에서는 내 기도 위에 선생님의 기도를 얹었습니다. 풀꽃을 얹고, 선생님의 하늘나라를 얹었습니다. 그렇게 아라랏산의 비둘기가 감람나무 잎새 한 잎 물어다가 선생님의 시 위에 내려놓기를 바랐습니다.

봉숭아여

나태주

봉숭아여, 분꽃이여,
외할머니 설거지물 받아먹고
내 키보다 더 크게 자라던
풀꽃들이여

여름날 꽃밭 속에
나무 의자를 가져다 놓고

6

더위를 식히기도 했나니,
나도 한 꽃나무였나니…

가끔씩 문자를 보내 주셨지요. 로밍을 안 해서 단문만 수신이 가능하다고 했더니 "지금은 어디야?" "거긴 어때?" "언제 와?" 하는 식의 간단한 한 줄씩 이었지만 그 한마디 한마디에 울컥했습니다. 지구 반대편에 있는 선생님과의 거리가 너무 멀어 울컥했고, 너무 먼 곳의 풍경을 보여 드릴 수 없어 울컥했습니다. 언제 오냐는 물음에는 때때로 그곳에 아예 눌러 살까 싶다가도 돌아가야지 하고 마음을 고쳐먹습니다.

선생님의 꽃밭 봉숭아꽃은 웃자라 쓸모없대도 훌쩍 크길 바랍니다. 저 혼자 커서 먼 곳, 먼 나라를 바라볼 수 있기를 소망합니다.

누군가도 저처럼 여행 중에 선생님의 꽃그늘 아래서 시 한 편 읽는다면 그런 시 맛, 괜찮지 않을까요?

"나도 한 꽃나무였나니…" 꽃 아래서 꽃이 되어 봅니다.

선생님! 선생님께서 여행 중간중간에 넣어 주신 그 문자들에 이제야 답을 합니다. 이제야 여행기로 대신합니다.

나는 울보인가 봅니다

혜식 씨. 우선 놀라워요. 어떻게 이렇게 좋은 사진에다가 감동적인 글을 담아 여행기를 썼는지요? 그래요. 언젠가 여행을 간다고 했고, 어디로 가느냐 물었을 때 코카서스로 떠난다 했지요.

코카서스는 내게 익숙한 지명이 아니었어요, 잘 모르는 곳. 이름만 어렴풋이 듣던 곳. 그냥 지도에 있는 어떤 나라 어딘가로 떠나겠지 싶었어요. 그렇게 혜식 씨는 훌쩍 사진기 가방을 들고 버릇처럼 어딘가로 갔었거든요. 그런데 그때는 상당히 오랫동안 혜식 씨가 돌아오지 않았어요.

그래서 아는 사람에게 자주 전화를 걸어 언제 오느냐 물었고, 짧은 문자만 수신이 가능하다기에 지금 있는 곳은 어디냐고 문자 메시지를 보내기도 했지요. 짧게, 아주 짧게 외마디 소리를 지르듯이. 그런 뒤로 많은 날들이 지났지요. 혜식 씨는 또 다시 가방을 메고 다른 어딘가로 떠나갔다가 돌아오기를 반복.

그런데 이번엔 책이 만들어지는군요. 실은 나도 오늘 급히 써야 할 책이 있어 원고를 쓰다가 이제는 지쳐 잠이라도 자야겠다 싶어 컴퓨터를 끄려고 이메일을 열었을 때 혜식 씨의 책 원고가 와 있었던 거예요. 아무래도 묵혀둘 수가 없어 마우스를 움직여 책을 읽으면서 와락 눈물이 났어요.

아무래도 나는 울보인가 봐요. 너무나도 내가 모르는 먼 나라. 어쩌면 가볼 수 없을지도 모르는 나라. 그치만 나는 혜식 씨 글을 통해 갔다 왔어요. 혜

식 씨 글속을 함께 걷는 듯했어요. 혜식 씨 카메라에 찍히면서, 혜식 씨 배낭 한구석 먼지와 더불어. 나도 이제 그 나라들의 이야기와 사진들이 너무나 그리워졌어요.

이것이 바로 사진의 덕성이고 시의 아름다움이고 산문의 효용이 아닌가 싶어요. 나는 비록 가 보지 못했지만 혜식 씨의 책 속에서 영원히 서성거리며 여행을 다니고 있을 거예요. 아, 그 고마움이여!

여행이여, 영원하라. 여행과 함께 떠난 마음이여, 사랑이여, 너도 영원하라. 혹시 돌아오지 못한 마음이 있는가. 남겨 두고 온 말들이 있는가. 그렇다면 너희들은 그대로 거기에 남아 곱게 싹을 틔우고 꽃을 피우고 있거라. 그 또한 얼마나 고맙고 기특한 일이겠니!

혜식 씨 책 속으로 나를 불러 줘서 고마워요. 나 오래 이 책 속에서 나오지 않을래요. 거기서 혜식 씨가 함께 동행하며 많은 이야기를 들려줄 테니까요. 나 이제 혜식 씨가 어딘가로 떠난다 해도 궁금해하지 않을래요. 내가 갈 수 없는 또 다른 나라로 함께 동행할 그때를 기다리면 되니까요.

'그 꽃'에는 '독'이 들어 있습니다

"메디슨 카운티의 다리"라는 중년의 사랑을 그린 영화를 본 적이 있나요?" 영화는 한적한 시골 메디슨 카운티의 다리에서 시작합니다. 내셔널지오그래픽의 사진작가였던 로버트 킨케이드가 들꽃을 한 다발 건네주자 여주인공이 "이 꽃에는 독이 들어 있는데요."라는 농담을 건네지요. 이럴 때 독이 든 사랑은 오히려 낭만적입니다. 독이 들어 있다고 해도 받고 싶은 것이 사랑입니다. 영화이니까요.

영화는 "중년이란 겁이 없어진다"는 대사와 함께 독인지 약인지 모를 복선을 깔고 시작합니다. 전 가끔 주인공이었던 메릴 스트립이 죽기 전에 딱 한 번이라도 사랑한다고, 클린트 이스트우드의 손을 잡고 싶다고 고백했다면 어떤 결말이 왔을까 생각합니다. 영화에서는 모든 고백이, 이별도 해피엔딩입니다.

영화 속 중년의 사랑은 환상을 품게 합니다. 여행이 그러합니다. 모든 사랑에 대해 너그러워집니다. 이제는 희망을 품는 것만으로도 살아 있다는 증명이 되곤 하니까, 그리하여 용기를 내어 또 여행을 준비합니다. 진작 사랑한다고 말해 주었어야 할 것들을 그곳에 놓고 왔으므로 그 말을 해 주러 다시 그곳으로 떠납니다. 이어서 여행은 이루어지지 않은 모든 꿈들에게 감사하게 합니다.

어쨌거나 여행에서 돌아와 시간이 흐르면 가끔씩 단 한 장의 사진으로도

그리움이 폭발합니다. 세상의 모든 풍경과 여행지에서 만난 모든 사랑이 사진으로 들어가 앉아 시간이 흐를수록 또 다른 이야기를 만들어 내며 다시 만나자고 속삭입니다. 여행지에서 감동한 오랜 정경들은 추억으로 포장됩니다. 그리하여 오래 사진을 들여다보고 있으면 다시 그리워집니다. 정말 어떤 때는 홀딱 빠져서, 그들을 그리워하며 울기도 합니다.

여행이 꽃이라면 모든 여행에는 독이 묻어 있다는 걸 느낍니다. 시간이 흐르면 흐를수록 점점 독은 온몸으로 퍼집니다. 많은 나라 중 쿠바가 그러했고 모로코가 그러했습니다. 인도가 그러했으며 미얀마가 또 그러했습니다. 이번에는 코카서스의 독을 키웁니다. 다시 코카서스를 가기 위해 여행기를 준비했습니다.

처음 코카서스를 다녀와 몇 해 전 여행기 정리를 끝냈으나 교정본을 주고받는 과정에서 읽어 본 여행기에는 아직 그리움이 자라지 않았음을 알았습니다. 그리하여 그리울 때까지 기다리기로 하였습니다. 그사이 전에 갔던 모로코와 쿠바를 다시 다녀왔습니다. 그곳에서 들꽃을 덥석 받고 말았습니다. 돌아오면 어느새 들꽃은 말라가고 부서지면서 하나씩 그리움이 지워진다는 걸 압니다. 그럼에도 불구하고 여행기를 마친 후, 이번에는 코카서스로 다시 가서 들꽃을 받아들기를 소망합니다.

목차

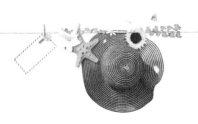

II. 조지아

III. 아제르바이잔

I

아르메니아

01 노아의 방주, '아라랏산'

애초에 제가 코카서스 여행을 선택한 것은 순전히 노아의 방주가 걸려 멈추었다는 아라랏산이 거기에 있었기 때문이었습니다. 성서에나 있어야 할 노아의 방주가, 어릴 적 목사님 설교시간에 들었던 성서 속의 산 '아라랏산'이 아르메니아에 있다는 걸 우연히 알았습니다. 어쩌면 그것은 부르심과도 같은 인연이라고 해야 할 것 같습니다. 빠져들었습니다. 내 생전에 꼭 한번은 그 믿음과 만나 봐야 할 것 같았습니다. 그러나 그렇게 지냈음에도 믿음은 자라지 않았음을 고백합니다.

믿음의 깊이를 보자면, 어릴 적 누군가가 "예배 보고 놀자" 그러면 "놀고 예배 보면 안 될까?" 그럴 만큼 제 믿음의 시작은 철부지였으니까요. 이 세상 어느 곳엔가 노아의 방주로 보여 준 물의 심판이 남아 있다는 이야기는 기적과 같은 것으로 내 눈으로 확인해야만 풀릴 숙제였습니다.

성서 안의 노아는 방주가 '아라랏산'에 걸려 멈춰 선 지 한참 뒤, 비둘기 한 마리를 밖으로 날렸다고 합니다. 되돌아온 비둘기의 잎에 물려진 감람나무 이파리 한 장이 세상에 다시 환하게 나무가 자라고 있음을 전했다고 하지요. 그렇게 심판이 끝났음을 알았던 성서적 시대가 어딘가에 실재한다는 것은 감람나무 소식만큼이나 충격적이고 신기했습니다. 성서 안의 일이 세상에서 증명된다는 것은 그야말로 기적이 아니겠습니까?

뒤늦게 시작한 공부를 마치고 웹서핑을 통해 벼르던 여행지 정보를 찾던 내게 '아라랏산'이란 이름이 눈에 들어왔습니다. 그 성서의 땅은 아르메니아가 아닌, 국경 밖 터키에 있었습니다. 순간 터키로 갈 것인가를 망설였습니다. 그러나 또한 아르메니아 사람들은 아라랏산을 '어머니의 산'으로 부르며 믿음 안에서 매일 바라보고 산다는 걸, 그 아라랏산 아래 1킬로미터쯤에 철책이 세워져 있다는 걸 알게 되었습니다. 우리의 비무장지대만큼이나 그들의 심장에 금을 그어 놓은 그 간격의 땅을 가진 나라, 우리와 동병상련의 역사를 가진 나라. 그래서 망설임 없이 땅의 주인, 산의 주인인 아르메니아를 만나러 가기로 하였답니다.

아르메니아는 '코카서스 3국'을 한 코스로 묶어서 가야 한다고 했습니다. '메치니코프 유산균, 뭐 그런 발효유가 어쩌구' 하는 상품광고 속에서 한번쯤 들어 봤던 코카서스. '캅카스'라고도 하고 '카프카즈'라고도 불리는 이 낯선 땅에 위치한 세 나라 아르메니아, 조지아, 아제르바이잔을 묶어 '코카서스 3국'으로 부른답니다. 코카서스 산맥 아래에 살면서 러시아 체제에서 비슷한 운명을 겪어 낸 나라들입니다.

"그게 어딘데?"

"어떤 나라야?"

선생님이 질문부터 먼저 쏟아 냈던 나라들. 그래요, 아르메니아를 가기 위한 거리는 멉니다. 그 나라를 가기 위해 당연히 아르메니아로 들어가는 코스를 택했습니다. 그러나 얼마 지나지 않아 여행사에서 연락이 왔습니다. 국경 분쟁상, 아웃하기로 했던 아제르바이잔으로 먼저 들어가 조지아를 거쳐 아르메니아에서 나와야 한다고. 순서를 바꿔야 하는 이유는 아르메니아를 먼저 들어가 아르메니아 입국 도장이 찍히고 나면 그 다음의 아제르바이잔으로 들어가는 것이 어렵기 때문이라네요.

차라리 잘된 일이었습니다. 아르메니아를 가기 위해 선택한 여행이었으니까요. '아라랏산'은 잠시 기다리기로 하였습니다. 그리고 아르메니아의 수도인 예레반에서 6일을 더 머무르겠다고 신청을 했습니다. 그러나 이야기를 들려드리기 위해서는 잠시 고민이 필요했습니다. 아제르바이잔 이야기를 먼저 시작할까, 아르메니아를 먼저 시작할까 하고요.

"오케이 오케이."

가장 들려드리고 싶은 아르메니아로 먼저 모시겠습니다.

18일간 함께한 여행자들과 이별을 하고 예레반의 숙소를 찾아나섰습니다. 조건은 아침에 눈뜨면서 누워서 아라랏산을 볼 수 있는 호텔이어야 한다고 했습니다. 돌다 돌다 다행히 아침에 눈을 떠 아라랏산 끝자락이라도 바라

보면서 커피를 마실 수 있는 호텔을 만났습니다. 행복했습니다. 그러나 예레반에서는, 아니 아르메니아에서는 어지간하면 모든 곳에서 아라랏산을 볼 수 있다는 걸 뒤늦게 알았습니다.

02 _ 아르메니아 국경

아제르바이잔을 거쳐 조지아에서 아르메니아를 들어올 때, 걱정되던 여권의 아제르바이잔 입국 도장 때문에 시간이 약간 지체되었습니다. 그런 미묘한 문제 때문에 아제르바이잔으로 먼저 들어갔건만 아르메니아도 예외는 아니었습니다. 모든 국경에선 언제나 긴장감이 감돕니다.

물론 대단한 트집이 아니라 관례적인 것이긴 합니다. "왜 아제르바이잔을 갔느냐" "얼마나 오래 있었느냐?" "쇼핑으로는 무엇을 사 왔느냐?" 등등 형식적인 질문이었습니다. 저는 엉뚱한 핑계를 댑니다. "우리나라에서 여행사를 통해 아르메니아를 오는 방법은 아제르바이잔과 조지아를 거쳐야만 가능하다. 그래서 나는 어쩔 수 없이 그 나라를 갔다." 그러나 "사실은 아라랏산을 보고 싶어 돌고 돌아 왔노라" 하니, 남자가 빙그레 웃으며 호의적인 눈빛을 보내옵니다. 빤한 거짓말을 속아 줍니다.

옛날에는 입국비자 절차가 더 복잡했었다고 합니다. 여행 한번 하려면 대사, 영사, 공사 거쳐서 서류 내고 인터뷰하고. 절차가 무척 까다로웠나 봅니다. 그러다가 2016년부터 우리나라가 3개월 정도의 단기체류는 188개국을 무비자로 갈 수 있는 비자면제협정을 맺으면서 수월해졌다고 합니다. 따라서 마음만 먹으면 웬만한 곳은 다 갈 수 있는 것 같지만, 그래도 다른 나라를 경유할 때는 그 나라를 다녀왔다는 이유만으로 까다롭게 굴 수 있으니 배낭여행을 할 때에는 미리미리 입국 허가와 관련해서 알아보아야 합니다. 지금은 그렇지 않지만, 쿠바의 입국 도장이 찍힌 것만으로도 미국에 입국할 수 없었던 적이 있었습니다. 물론 지금은 아르메니아처럼 국경에서 간단하게 직접 입국비자를 받는 나라들도 많아졌으니 입국비자를 위해 사진 몇 장도 늘 챙겨 두는 것이 좋습니다.

어쨌거나 다 '오케이' 사인은 났지만, 이번에는 아르메니아 입국 관련 비자 피를 아르메니아 화폐로만 받겠다고 하네요. 그래서 다시 아르메니아 쪽 환전소에 달려가는 등의 소란을 피우며 입국을 했습니다. 그렇게 늘 국경은 늘 긴장 속에 어수선합니다.

조지아의 바투미에서 일찍 출발을 했건만 결국 점심시간을 넘겨, 아르메니아에서 제일 먼저 찾은 곳이 식당입니다. 각종 꼬치구이가 온통 침샘을 자극합니다. 빵과 꼬치구이, 이곳은 이 음식이 주식인 모양입니다. 아라랏산을 위한 본격적인 여행이 시작된 듯 마음이 설레어 왔습니다. 이후의 코스는 어디부터 시작되느냐고 보채기 시작했습니다.

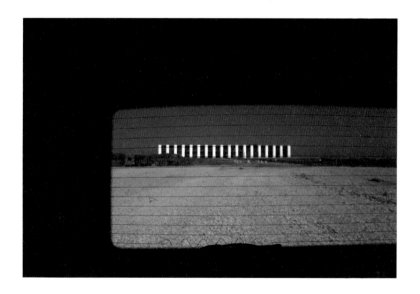

03_ '하야스탄'이라 불리는 나라

선생님께 이 나라를 이야기하기 전에 '하야스탄Hayastan'이란 노래를 들려드리고 싶어요. 선생님은 분명히 "무슨 노래가 그렇게 슬프다냐?" 그러실 거예요. 그러게요. '하야스탄'은 아르메니아의 또 다른 이름인데, 노래만 들어도 이 나라의 한이 가득 느껴집니다. 춤도 노래도 이 나라 사람들은 한껏 슬픔을 슬픔으로 풀어냅니다. '하야스탄'은 이 나라의 아리랑입니다.

사실 아르메니아에 대해 찾을 수 있는 정보가 적고 그 내용이 서로 달라 이 나라의 역사를 제대로 알려드리기에는 다소 무리가 있습니다.

아르메니아는 고대엔 '하야샤'로 불리다가 한때 '하야스탄'으로 불렸다죠. 아르메니아라는 이름은 지도자였던 하이크Haik의 손자 아르메나크Armenak에서 유래되었다고 합니다. 여러 이름과 함께 아르메니아 왕조를 거쳐 소비에트연방체제에서 독립을 한 후 이제는 아르메니아공화국Republic of Armenia이라는 정식 국명을 갖게 되었습니다. 하지만 가이드가 '아르메니아'보다 '하야스탄'이란 자국명으로 이 나라를 설명하는 걸 봐서 이 나라 사람들은 하야스탄에 더 애정을 갖는 듯 보이더이다. 우리나라가 대외적으로는 '코리아'로 불리지만 우리는 '한국'이라고 부르듯이 말입니다.

아르메니아는 열강의 틈바구니에서 많은 영토를 잃었습니다. 이후 독립국가가 되었어도 터키의 영토가 된 아라랏산을 되찾지는 못했습니다. 아르메니아는 우리나라의 3분의 1 정도 크기, 인구도 300만밖에 되지 않습니다. 그러나 세계 각국에 흩어져 사는 아르메니아인들이 800만을 훨씬 넘는답니다. 대략 러시아에 200만, 이란에 200만, 미국에도 100만이 넘는다는데 열강의 틈새에서 이역만리 흩어져 사는 처지가 되었어도 이들 대부분은 자신들이 아르메니아인인 것을 자랑스럽게 여기며 살고 있다고 합니다. 아르메니아인이라는 것만으로도 힘을 느낀다고 합니다. 아르메니아에 대해 알게 되면서 우리나라만큼 아픈 나라라는 것을 알게 됩니다.

아르메니아인들은 1915년 터키에 의해 대학살을 당했다고 합니다. 당시 서부 아르메니아를 점령하고 있던 오스만제국은 아르메니아인들이 러시아의 편을 들자 이들을 탄압하고 대학살, 즉 제노사이드genocide를 감행했습니다. 제노사이드라니, 어찌하여 이 세상에 그런 단어를 만들고 사전에 박을 수 있는 것인지. 인간은 정말 잔인하고 무서운 존재입니다. 더구나 이 나라는 기독교를 국교로 받아들인 첫 번째 나라, 시험의 역사로 버텨 온 나라 아닙니까.

다른 나라에 정착한 사람들은 또 어떻구요. 아르메니아와 사이가 좋지 않은 나라에서 산다는 이유만으로 마음 놓고 자기 조국으로 들어가지 못하는 신세가 되기도 한다는군요. 그래서 먼 곳에 있는 친척들은 몇 년에 한 번씩 이란과 같이 양국을 이해해 주는 나라에서 만나 재회를 한답니다. 언젠가 이란 공항에서 헤어진 가족이 만나 하염없이 우는 모습을 다큐에서 본 적 있습니다. 이렇게 정치싸움에 밀려 국민들만 속앓이를 하는 경우가 생기는 것은 남일 같지 않은 슬픈 일입니다. 다행스럽게도 이렇게 다른 나라에 사는 사람들 중에는 이름을 날리는 기업가나 학자, 예술가, 재능 있는 운동선수 등이 많아 아르메니아를 새로운 시각으로 바라보게 하는 역할을 한다지요.

우리나라가 한글을 창제했던 것처럼 아르메니아인들도 405년에 독립된 언어를 만들어 세계문화유산이 되었답니다. 다른 것이 있다면 우리나라의 세종대왕은 문맹자를 없애기 위해서 만들었고 이들은 성경을 읽기 위해서 만들었다는 것입니다.

시내 곳곳에 세워져 있는 예술가들의 동상은 아르메니아를 빛나게 했습니다. 긴 정치적 혼란기를 거쳤다면 정치적 공로가 많은 사람들의 동상을 세울 법도 한데 이들은 문화예술을 빛낸 사람들의 동상을 세워 두었습니다. 이런 것들이 그 나라의 저력이란 걸 우리도 알아야 할 텐데 부럽더라구요. 문인의 동상도 많았어요.

돌아올 때 '하야스탄'이라는 제목에 끌려 시디를 한 장 사왔습니다. 차안에 걸어 두고 몇 달을 들었는데 들을수록 차분히 가라앉습니다. "하야스탄, 하야스탄", 십 리도 못 가서 사랑은 발병이 납니다.

04_ 비둘기를 날린 코르비랍 수도원

예레반 남쪽으로 30킬로미터, 코르비랍 수도원Khor Virap Monastery은 아라 랏산을 가장 가까이에서 볼 수 있는 수도원입니다. '깊은 우물'이라는 뜻을 가진 코르비랍, 아르메니아가 기독교를 국교로 정하기까지 게오르기가 13년간 갇혀 있던 동굴 지하감옥입니다. 정말이지 수직벽의 우물은 깊었습니다. 대체 얼마만큼의 죽을 죄를 지었길래 13년씩이나 그런 지하감옥에서 보내야 하는 중벌을 받았을까요? 그 얘기는 대략 이러합니다. 터키에서 돌아온 게오르기는 선교를 한다는 죄목으로 잡혀 지하감옥에 갇히게 되었죠. 그러던 중 왕이 전쟁 후유증으로 죽을병에 걸렸습니다. 그런데 누군가가 왕을 살릴 사람은 게오르기밖에 없다고 전했답니다. 이미 죽었을 거라고 생각했던 게오르기는 마을 사람들이 넣어준 음식 덕분에 다행히 살아 있었으며 불려 와서 왕을 살렸습니다. 이에 감동한 왕은 개종하여 기독교를 국교로 선포하고 게오르기를 교황에 임명했다고 합니다.

즉, 게오르기 1세 교황의 탄생이 이곳에서 시작된 것입니다. 아르메니아 인들은 이 지하감옥 위에 수도원을 지었습니다. 그곳이 코르비랍 수도원입니다. 이들은 로마보다 먼저 기독교를 받아들인 것에 대해 자부심이 대단했습니다. 게오르기는 세계 최초로 기독교를 국교로 정하는 계기가 되었던 사람입니다.

참, 게오르기의 이름에 대해 설명할 필요가 있을 듯합니다. 같은 한 사람인데도 나라마다 언어가 다르다 보니까 각각 다르게 불렸습니다. 독일과 러

시아에서는 게오르기, 그리스에서는 게오르기우스, 이탈리아에서는 그레고리오, 영어로는 조지, 프랑스어로는 조르주. 이쯤 되면 나라마다 다른 이름을 외우는 것만으로도 머리가 아플 지경입니다. 우리나라에서는 무어라 불러야 할까요? 아르메니아에 왔으니 아르메니아식으로 '게오르기'라고 부르기로 하자고 가이드가 말합니다.

지하감옥 위에 세워진 초기 기독교 성지 코르비랍. 4세기경 게오르기가 갇힌 이후 6세기에 처음 지어졌으나 무너지고, 7세기에 다시 짓기 시작하여 17세기에나 완성하였다고 합니다. 이들에게 신전을 세우는 일은 끝이 없는 일상이었던 듯합니다.

몇 년 전 교황께서 아르메니아 사도교회에 방문차 오셨다가 코르비랍 수도원에서 흰 비둘기 두 마리를 터키 쪽으로 날렸다는 기사가 난 그 유명한 수도원입니다. 한나절 아라랏산을 바라보며 아주 멍하니 상념 속에 앉아 있었습니다.

가이드는 함께 앉아 아라랏산에 대해 설명을 계속합니다. 성경 창세기 1장에 나오는 아담과 이브의 이야기, 카인과 아벨이라는 후손의 이야기, 세 번째 자손 노아의 방주 이야기, 이야기 위에 세워지는 코르비랍. 이곳이 성지가 될 수밖에 없는 특별한 이유들이 무궁무진합니다.

자주 날리는 비둘기는 날아갔다가 돌아오고 사람들은 각자의 표정으로 기념사진을 찍습니다. 이스트밧사친 교회 안에서는 결혼미사를 올립니다. 평범한 옷차림의 나이 지긋한 부부의 미사는 엄숙했습니다. 교회 건너편 안의 기도처에서는 한없이 초가 탑니다. 한 할머니가 아이를 어렵게 들어 올려 초에 불을 붙이는 것을 도와줍니다. 아이가 환하게 웃습니다. 이 모든 풍경의 기억은 사진에서 다시 시작합니다. 비둘기, 뛰놀며 웃는 아이, 히키카르

를 배경으로 사진을 찍는 사람들, 아라랏산에서 불어오는 바람에 젖히는 머리결. 모든 사진은 아픔을 덮고 평화롭습니다.

어렸을 적부터 수도원을 기억하게 하는 나라, 반드시 딛고 일어서길 기도합니다. 저절로 남을 위해 기도하게 하는 나라. 풍경 하나가, 장면 하나하나가 그리움입니다.

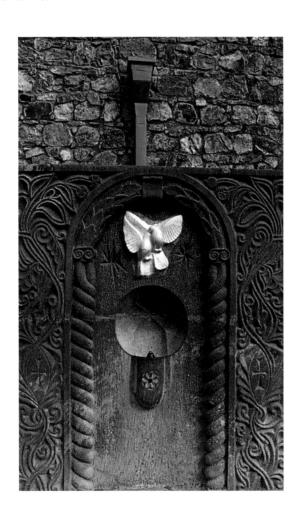

*05_* 에치미아진 대성당

에치미아진Echmiatsin 대성당은 아르메니아의 모든 교회 중 최초로 합법적으로 공인받은 교회여서 어엿이 세계문화유산에 지정되었다고 합니다. 그럴 법합니다. 303년에 지어져 고대 건축의 정수로도 인정받는 교회라는데 너무 오래되어 그런지 우리가 갔을 때는 한창 보수 중이었습니다. 언제부터 보수를 했을까요? 그리고 303년 이후 몇 번을 고쳤을까요?

이곳은 시내권 성당 중 제일 크고, 매주 결혼식이 진행될 만큼 젊은 사람들이 좋아하는 화려하고 웅장한 교회입니다. 원래는 결혼식 장소로 예레반에서 1시간 반 떨어진 노라반크수도원을 제일 선호하지만, 너무 멀기 때문에 가까운 에치미아진을 다음으로 선호한다네요.

우리가 이 성당에 도착했을 때, 주말이 아닌데도 막 결혼식을 마친 신부와 한 무리가 하얀 드레스자락을 끌어안고 차에 오릅니다. 한 집 걸러 교회인 우리나라에서는 결혼식을 하려면 복잡한 결혼식장을 이용할 수밖에 없는데, 이곳은 모두 교회에서 치릅니다. 방금 결혼식을 마치고 환하게 웃으며 친구들과 떠나는 모습이 성스러워 보였습니다. 어떤 식이든 문화유산 안에서 노는 그들이 좋아 보였다고나 할까요?

입구에는 이 나라 왕과 이 나라 국교를 기독교로 만들게 한 게오르기 교황 1세가 십자가를 통해 손을 잡는 조각이 상징처럼 걸려 있었습니다. 기독교를 국교로 만들고 게오르기 교황을 인정한 왕의 이야기 역시 전설처럼 대대손손 전해지겠지요. 입구에서 본당 교회까지는 한참 걸어 들어가는데 그만

큼 규모가 큰 것은 이곳이 신학교나 도서관 등 부속건물과 함께해서랍니다.

여행을 다니며 약간 혼선이 왔던 부분이 어떤 곳은 교회라고도 하고 또 어떤 곳은 성당이라고도 부르는 것입니다. 성지 순례자가 아닌 다음에야 전문적인 부분에 대해선 이유를 모르는 사람이 저뿐은 아닐 거라고 생각합니다. 일반적인 정식 명칭은 '사도교회' 혹은 '정교회'라고 합니다. 아르메니아 정교회는 '오리엔트 정교회에 속한 기독교 교단'이라고 하는데 구체적인 명칭의 쓰임은 교회마다 다르니, 제가 혹시 성당이라고 하든 교회라고 하든 이곳에선 다 '아르메니아 정교회'라고 해석하시는 것이 좋습니다.

제가 알고 있는 종파의 지식은 교회는 개신교, 성당은 캐톨릭이 고작이었는데 여기서는 완전 혼동입니다. 유대교, 기독교, 천주교, 정교회 이런 종파들은 '하나님을 믿느냐, 아니면 메시아로 보낸 예수님도 믿느냐' 등에 관한 성서 해석을 기준으로 하는 것 같은데, 이 나라에서 이렇게 따질 수 있다는

자체가 그만큼 기독교의 역사가 오래되었다는 얘기가 되지 않을까요?

따라서 신을 믿든 안 믿든 종교는 삶 속에 깊이 들어와 그 시대의 사회적 배경인 역사, 문화, 정치 등과 함께한 시간이 있는 한 무시 할 수 없는 일. 이런 여러 가지 복합적인 측면들을 함께 이해해야지만 아르메니아를 알 수 있을 것 같습니다.

안에 들어가 성당 내부에서 오래 머물렀습니다. 교황을 따르던 제자들의 그림과 싸이프러스를 상징하는 문양들이 아름다웠습니다. 마치 싸이프러스 아래 쉬듯 사진도 쉬며 한참을 올려다보니, 문득 기도하고 싶어졌습니다. 싸이프러스나무 아래에서의 기도이거나, 12 제자들 옆에서의 기도이거나 기도가 제법 진솔할 것 같고 기도빨(?)도 먹힐 것 같았습니다. 이런 고백은 참 부끄럽긴 합니다만.

06_ 에치미아진 대성당의 성물박물관

에치미아진 대성당 성물박물관입니다. 대성당 안에 있습니다. 그곳엔 예수님을 찌른 칼이 전시되어 있고, 노아의 방주 나무 조각 하나를 왼쪽 아래에 넣어 장식한 십자가가 있답니다. 정말일까요? 아무리 봐도 그냥 오래된 나무 조각이었습니다. 제 미약한 믿음이 부서진 나무 조각일 뿐입니다. 성서의 이야기가 이렇게 남아 있을 수 있다는 것, 이번 여행이 아라랏산에서 시작되었다고는 하지만 거쳐 온 그 많은 수도원과 예수님의 실재 앞에서도 의구심으로 갈등합니다.

믿어야 할까요? 눈으로 보여줘도 못 믿겠다 싶을 만큼 저는 흔들리고. 이들은 믿음이 견고했음을 증명하는데, 예수님을 역사적인 사실로 보여 줘도 잠시 혼란스럽습니다. 지혜를 상징한 뱀의 머리로 장식한 사제들이 드는 지팡이 앞에서 혹시 제게 내려치는 건 아닐까 어느새 착각이 들기도 합니다.

처음 게오르기가 믿음을 전파하러 이 땅에 왔을 때 이들이 저와 같았을 것입니다. 이교도 왕이었던 트르다트 3세도 당연히 게오르기를 지하감옥에 가둘만 했다는 생각이 듭니다. 복음을 전파하던 손의 형상도 있습니다. 신기한 것이 엄지손가락으로 넷째 손가락을 끌어다 누르고 있는 손의 모습입니다.

선생님도 한번 해 보세요. 넷째 손가락은 저 혼자 잘 굽혀지지 않아요. 너무 신기해서 돌아와서도 몇몇에게 물었는데 결국은 이유를 알아내지 못했어요. 이전에 안중근 의사가 넷째 손가락 마디를 잘라낸 것도 특별한 이유가 있을 거라는 생각입니다. 왜 넷째 손가락이었을까요? 혼자서는 어째도 굽힐

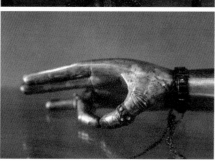

수 없는 넷째 손가락. 어쩌면 하나님에게 저는 넷째 손가락임을 깨닫습니다.

어느 영화에선가 믿는 사람들의 암호였던 물고기처럼, 이번 여행에서도 그 암호를 언젠가는 응답처럼 들려주실 거라고 믿습니다. 어쨌거나 성직자들이 넷째 손가락을 굽히는 것은 하나님에게 나를 낮추는 예가 아닐까 그렇게 혼자 상상하면서 자주 넷째 손가락을 누르는 버릇이 생겼습니다.

지팡이 위에 새겨진 뱀도 이상했습니다. 신의 사자인 헤르메스가 평화의 상징으로 들고 다녔다던 카두케오스Caduceus. 두 마리의 뱀이 따리 모양으로 지팡이를 감고 있습니다. 뱀은 전령사나 전달자, 심부름꾼의 상징이라는 가이드의 설명으로 궁금증이 풀립니다. 원래 이 상징은 그리스 신화에서 온 것으로 여신 헤라의 전령사인 아리스의 지팡이에서 유래되었다고 합니다. 그렇다고 해도 어려웠습니다. 그리스로마 신화를 다시 읽어야 하는 숙제가 또 하나 생깁니다. 혹시, 이번 여행은 제 믿음의 바닥을 스스로 보라고 하나님께서 미리 예비하신 건 아니었을까요?

07 즈바르트노츠 고대 유적의 지진

　최근 들어 우리나라에서도 경주와 울산이 지진으로 큰 피해를 입었습니다. 언젠가 또다시 터질지 모른다는 두려운 뉴스를 종종 접하곤 하지요. 우리나라도 안전권이 아니라는 게 그저 놀랍습니다. 비단 우리나라뿐이 아니라, 요즘은 이상하리만치 세계 구석구석에서 지진 소식이 들려옵니다.

　언젠가 네팔의 박다풀 사원엘 간 적이 있었습니다. 오래된 사원이 너무 좋아서 동생 안이와 한 번만 더 가자고 벼르는 사이 2015년도에 지진이 나서 주저앉았다는 소식을 들었습니다. 정말 황당한 소식이었습니다. 그 나라의 귀중한 문화유산일 텐데, 가끔씩 그런 소식을 접할 때면 남의 일 같지 않아 가슴이 아픕니다. 천년의 역사도 속수무책입니다.

　즈바르트노츠Zvartnots 역시 지진 피해로 통째로 사라진 성당 유적입니다. 650년대 성 네르세스 3세가 성 게오르기를 위해 지은 루사보리치 대성당이 있던 자리라고 합니다. 300년도 안 된 930년대에 지진으로 인해 묻혔다가 발굴되었는데 겨우 기둥만 남아 방치되고 있었습니다. 지진을 입은 문화유산의 경우 70%가 남으면 복원이 가능하다는데, 이곳은 30%밖에 남아 있지 않다고 합니다. 참 처량합니다. 지진 잔재의 돌덩이가 역사의 체중처럼 묵직하게 누르고 있는 느낌입니다. 인간이 아무리 욕심을 부려도 안 되는 것이 있습니다.

　즈바르트노츠를 찾아간 이날은 날이 참 더웠습니다. 물론 여행 내내 더위에 시달렸지만, 여행 막바지 예레반에서는 9월이 되어 시원해졌기는 해도 역시 한낮은 쨍했습니다. 그래서 기둥 아래 그늘을 찾아 쉬는 동안 이곳의 역사 유래를 가이드로부터 또다시 들었습니다. 더 다닐 곳도, 더 둘러볼 곳도 없으니 남겨진 기둥에 기대는 일밖에는 없었습니다. 나도 어느새 기둥으로 흡수되듯 그림자 속으로 사라졌습니다. 때때로 사진의 암부는 나만 읽을 수 있는 비밀을 지닙니다. 때때로 사랑도 사진 속에 숨는 법을 익힙니다.

이야기인즉, 욕심이 많았던 네르세스 교황 3세는 3층 높이의 에치미아진 성당보다도 더 웅장한 교회를 짓고 싶었답니다. 이 지역이 늘 불안한 지역이었는지 지진이 나지 말라고 기원의 우물까지 팠답니다. 그러나 결국 지진이 났고, 그래서 1000년이나 묻혀 있다가 1900년대에 들어와서야 발굴이 되었다는군요. 성당 내부에 지었던 카토리쿠스 궁전의 흔적과 와인 저장고의 흔적이 남아 있답니다.

내부에는 프레스코화 장식의 흔적과 3개의 기둥이 있고 밖으로 32각형의 기둥 자리가 남아 있는 것으로 보아 원형에 가까운 장엄한 건물이었을 것이라 유추한답니다. 알아도 그만, 들어도 곧 잊혀 버릴 남의 나라 얘기를 가이드인 B씨는 의무로 얘기하고 저는 의무로 들었지만, 오래되면 기둥에 기대어 들었던 이야기들이 그리워 슬며시 메모했던 노트를 펼칩니다.

08 _ 마테나다란 고문서박물관에서

문자박물관이라고도 부른다 하기에, 뭐 그리 대단할려구, 우리나라에는 더 대단한 한글이 있는데, 우리나라의 대단한 세종대왕을 보자고 일부러 박물관 간 적도 없는데, 두루두루 핑계거리를 찾으며 박물관을 들어갈까 말까 고민부터 했었습니다, 솔직히.

우리나라에도 청량리에 세종대왕박물관이 있다는 소릴 들었는데 가 보지 못했기 때문에, 외국까지 나와서 남의 역사 관련 박물관을 찾아다니는 것은 뭔가 도리상 그러면 안 될 거 같은 생각이 들었다고나 할까요? 그러나 이곳 '마테나다란Matenadaran'은 인물 관련 박물관이라기보다 아르메니아 문자를 전시해 놓은 언어박물관이라 하니, 안 보면 후회할 것 같은 생각도 들어 발길을 옮겼습니다.

도착하니 아르메니아 문자를 만들었다는 메스로프 마슈토츠Mesrop Mashtots의 동상이 떡하니 있었습니다. 왼손 쪽에는 그가 만든 아르메니아의 알파벳이, 오른손 쪽에는 지혜를 상징한다는 독수리와 칼이 부조로 새겨져 있습니다. 그리고 제자가 존경스럽게 그를 올려다보고 있는 동상입니다.

위쪽으로는 아르메니아의 학자와 작가 6명의 동상이 있었습니다. 이 나라는 유난히 동상을 좋아하는 듯합니다. 곳곳에 작가나 학자 예술가들의 동상이 있습니다. 그들의 존경하는 마음이 그대로 전해집니다.

우리나라에는 세종대왕이 만든 세계에서 가장 창의적이고 우수한 문자인 한글이 있듯이, 이 나라에는 405년에 만든 아르메니아 문자가 있답니다. 이

나라 사람들은 메스로프 마슈토츠의 아르메니아 문자에 대한 자부심이 대단합니다.

그가 문자를 만들고 처음 한 일은 그리스어 성서의 번역이었답니다. 그러기 위해 만들었다고 합니다. 그리하여 중세 고문서박물관이라고는 하지만 대부분의 문서는 성서가 위주입니다. 기독교의 역사를 중심으로 가장 오래된 성서, 가장 큰 성서, 가장 작은 성서 등 갖가지의 성서의 글씨와 채색화 등 17,000여 점이 전시되어 있습니다. 가장 큰 필사본은 '무슈의 설교집'을 필사한 것이고 가장 작은 필사본은 1434년의 '교회 달력'이라는군요.

아래층 전시실에는 아르메니아의 학살과 고난의 역사에 대한 사진이 전시되어 있었습니다.

_09_ 노라반크 수도원

오전에는 코르비랍 수도원을 갔다가 점심을 먹고 오후에는 예레반 시내에서 2시간 거리에 있는 새 수도원이란 뜻의 노라반크Noravank 수도원으로 갑니다. 결혼식을 할 때 가장 선호한다는 수도원입니다. 하루에 두 곳의 수도원을 간다는 것이 이제는 축복 같은 느낌입니다.

이 수도원은 카라펫 교회, 그레고리 예배당과 주 건물인 아스트밧삿신 교회로 구성되어 있었습니다. 아스트밧삿신 교회는 '거룩한 어머니교회'라 부르며 1205년에 건축되었다고 합니다. 계단 폭이 30~40센티미터 되려나? 기어 올라갔다가 기어 내려와야 합니다. 2층으로 된 아스트밧산신 교회는 가파르긴 하지만 이곳까지 와서 안 보면 후회할 것 같아 벽을 붙잡고 올라가 보았습니다. 2층 안쪽에 좁다란 계단이 또 나옵니다. 온통 오르는 일에만 집중을 하지 않으면 위험한 일이 벌어질 것 같았습니다. 신기한 경험이었습니다. 믿음을 갖는다는 건, 그 믿음을 전파한다는 건, 이 좁은 계단을 오르는 일처럼 집중해야 가능한 일이었을까요?

이곳 노라반크 수도원엔 하치카르가 유난히 많습니다. '하치카르khachkars'란 우리나라 사찰에 있는 부도와 같은 의미인데, 아르메니아 수도원에선 십자가의 석비를 하치카르라 일컫습니다. 하치카르의 석공예 조각이 아주 아름답고 정교합니다. 우리나라 부도가 승려들의 사리를 담은 석비라면 이곳은 속세와 신을 연결시켜 주는 성물의 역할을 한다고 합니다.

하치카르는 신을 숭배하는 그 마음으로 십자가를 만들고 주변의 식물이나 기하학적인 문양을 새겨 넣습니다. 이처럼 돌에다 새긴 성물의 석공예가 아르메니아 전역에만 5만여 개 있지만 모두 생김이 다르답니다. 찍어 내는 것이 아니라 하나하나 아르메니아인들의 기도로 새긴 듯합니다.

하치카르는 보통 그 지역의 돌로 새기며, 완성이 되면 소규모 종교 의식을 진행하면서 세운다고 합니다. 축성이 이루어지고 성유를 바르고 나면 하치카르는 신성한 힘을 지니게 되는데 이로써 하치카르는 영혼을 구원하는 명상을 가능하게 하는 것이 된다고 합니다.

벽이건 바닥이건 십자가 또 십자가, 새기고 또 새기고. 이러한 작업이 곧

명상이고 수도일 것만 같습니다. 아르메니아에선 모든 예술이 기도이고 생활이 기도인 듯합니다. 만나는 하치카르마다 찍었습니다. 그들의 기도를 찍었습니다. 찍는 것이 기도인 양 찍고 또 찍었습니다.

49

*10*_ 가르니 신전

이곳은 AD 1세기 후반에 아르메니아 국왕이었던 트르다트 1세가 '미트라'라는 태양신을 섬기던 이교도들을 위한 사원으로 지었다고도 하고, 네로 황제를 만난 트르다트왕이 그것을 기념하기 위해 지었다고도 합니다만, 그 해석은 우리와 같은 관광객으로서는 '그저 그런가 보다' 하게 됩니다. 기원전의 이야기나 오래된 이야기는 대부분 입에서 입으로 전해지다 보니 정확도를 알 수 없거니와, 여행에서 들은 얘기는 제가 학자가 아닌 다음에야 구체적으로 전달해 드리기가 퍽 조심스럽기도 하기 때문입니다. 여행기를 적는다는 것이 언제나 그렇습니다. 어설프게 알고 기록되어 넘쳐나는 인터넷 정보가 역사를 바꾸기도 합니다.

그리스식인 파로테논 신전과 비슷한 헬레니즘 건축물인 가르니 신전Garni Temple이 이곳에 있음이 쌩뚱맞아 보이기도 합니다. 어쨌거나 목욕탕 바닥에 남아 있는 모자이크로 봐서는 로마시대 때 건축되었음을 알 수 있다고 합니다.

이 신전은 기독교가 국교가 되면서 왕들의 여름 궁전으로 쓰였다고 하니 기막힌 명당인 게 틀림없습니다. 이전엔 파간 사원이라고도 불렸다고 합니다. 그러나 그 용어 또한 묘합니다. 미얀마에서 파간 사원을 본 적이 있는데, 불교나 힌두교와 연관이 있었습니다.

어쨌거나 절벽 위에 세워진 신전, 신전 아래 주상절리가 있으니 금상첨화입니다. 아르메니아에서 보는 헬레니즘 건축물이라서 신선했습니다. 그 시

절 권력이란 곧 신의 자리였을 법합니다.

주변에는 아직도 목욕시설의 흔적이 대중목욕탕 크기로 남아 있을 만큼 옛 부귀영화의 잔재가 그대로 남아 있으니 떠난 사람만 애석한 유적입니다. 이제는 관광객의 자리. 관광객이 수시로 드나들며 신전에서 포즈를 취해 가며 사진을 찍어 갑니다. 우리도 덩달아 그들이 하는 동작을 따라 퍼포먼스를 해 보았습니다. 역시 신전에서는 왕의 포즈가 어울립니다. 복장까지 갖추었더라면 왕의 귀환이라고 해도 믿을 만하게 자연스럽게 포즈를 취한 러시아 일행을 따라 깔깔 웃으며 서로 찍는 재미를 느껴 보았습니다.

외국인들은 사진을 찍는 모습은 포즈도 신선합니다. 아르메니아에 왔으니 이들이 노는 방식으로 놀아 보자 싶어 안이를 여기저기 세웠습니다.

그 지역 차 한 대 수배해서 주상절리까지 내려가 보기로 했습니다. 함께 간 박 선생이 죽어도 주상절리는 꼭 봐야 한다고 출발 전부터 강추를 했기 때문에 은근히 기대되는 바였습니다. 그리고 게하르드 수도원을 본 후에 점심을 먹기로 했습니다.

*11_* 주상절리柱狀節理

하나님은
손 하나 까딱 않고도
거대한 자연을 만들어
아르메니아에 주셨습니다.
선물입니다.

12_ 게하르드 수도원

게하르드 수도원Geghard Monastery은 예수님을 찔렀던 창이 발견된 곳이랍니다. 제가 아르메니아에 들어오던 날 에치미아진 성물박물관에 그 창이 보관되어 있노라고, 보았노라고 말씀 드렸었지요? 그 창이 여기서 발견되었다는군요. 그래서 이곳에다가 동굴수도원을 지었다고 합니다.

그것도 동굴 안에다가 수도원을 지었다니, 상상이 되시나요? 바위를 파서 지은 수도원이랍니다. 신화에 나오는 신들의 이야기도 아니고 사람이 한 일이라 믿기에는 너무 깊고 정교합니다.

"뚝딱!"

"바위를 파내고 수도원 하나만 세워라"

필경 하나님께서 그랬을 것만 같습니다. 그렇지 않고서야 그런 불가사의한 일을 할 수 있겠어요. 신기했습니다. 수도원 마당에 들어서자 커다란 바위덩어리 하나가 가로막습니다. 바위 절벽에서 떨어진 것이라고 합니다. 떨어진 날짜가 바위 위에 새겨져 있으니 잘 찾아보라고도요.

수도원이 처음 세워진 것은 4세기 정도라는데 지진 때 모두 무너지고 13세기경에 다시 세웠다고 합니다. 건축양식은 십자가를 빼면 이슬람 양식을 빌려다 썼는데 이슬람을 무시하지 않고 공존한다는 의미라고 합니다.

이 수도원은 4세기 때부터 맨 위에서부터 바위를 파고 내려가 공간을 확보하는 방식으로 지어졌답니다. 공간을 받치는 기둥 역시 끼운 것이 아니고 바위를 깎아내 만든 것이라고 하니, 이 또한 사람이 한 일이 아니라 하나님

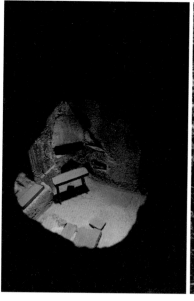

이 하신 일 같습니다.

본당 옆으로 조그만 동굴의 문이 하나 있습니다. 길지 않게 들어가니 어두운 성전이 나옵니다. 어느 여인이 하염없이 천정의 문양들을 바라봅니다. 아는 사람만이 읽을 수 있는 암호인 양 올려다봅니다. 저는 단지 그저 아름답다는 생각뿐입니다.

대부분의 구멍을 통해 동굴을 내려다 볼 수 있으며, 빛을 동굴 안으로 받아들이는 신기한 동굴입니다. 성 게오르기가 동굴 안에서 성스러운 샘이 솟아난 자리를 보고 수도원 만들기를 시작하였다고 합니다. 그러나 신기한 것은 게오르기가 건축학자도 아닐 텐데 어찌 이것이 가능했을까요?

어떻게 그 많은 수도원들이 남겨졌을까요? 하나님의 말씀입니다.

게하르드 수도원에서

내가 너를 위하여

바위를 파내고 손톱으로 긁어

십자가를 세웠나니

품을 수 있는 넓이로

성전을 지었나니

온전하게 만날 수 있는

간격 안으로

빛의 깊이를 따라 들어오라

마음놓고 안기라

끊임없이 동굴에서는

서로의 벽에 대고 울림이 웁니다.

알아 들으면 믿음도 쉬운 일

나오다가 만난 수도사가 무심하게

한 송이 들꽃을 꺾어 건네줍니다.

믿을 때만 꽃 피더라는

만리서역에서 받은 응답

들꽃으로 대신 전해 받은 말씀

유난히 곱습니다.

내 기도가 덥썩 받았습니다

13_ 세반 호수 풍경

나라 전체가 해발 1000미터 정도의 낮지 않은 땅인데 이곳 세반Sevan 호수는 더 높은 해발 1900미터에 위치하여 세계에서 가장 높은 곳에 있는 민물호수 중 하나입니다. 여름 휴양지로 가장 사랑받는 곳이라고 합니다. 호수 둘레만도 100킬로미터, 수도원 위에서 보면 끝도 없이 넓은 바다처럼 보입니다. 예전에 구 소련 지배 시절 호수로 유입되는 강에 발전소를 건설하면서 호수의 수위가 낮아져 생태계 파괴 등 여러 문제가 있었는데, 이제는 호수 수위를 올리기 위한 노력으로 다시 예전의 모습을 찾아가고 있다고 합니다. 참 아름다운 곳을 지키기 위한 아름다운 노력입니다.

호수 옆 세바나방크Sevanavank 수도원에는 아라켈로츠Arakelots 사도교회와 성모(아스트밧사친Astvatsatsin)교회가 있는데 아라켈로츠 사도교회 앞쪽이 성모교회입니다. 이 수도원에 올라갔다가 비를 만났습니다. 비 오는 사진도 좋겠다 싶어 한 소큼 비가 내려주기를 은근히 기대하며 우비까지 챙겼는데 오락가락하던 날씨가 수도원을 돌아보는 도중에 쏟아졌습니다. 호수 위에 적당한 구름이 덮히며 풍경이 근사해졌습니다. 우비를 걸치고 사진을 찍느라 정신줄을 놓았습니다. 사진하는 사람은 정신줄을 놓을 때 가장 행복하답니다.

빗줄기가 거세지면서 비를 피하러 수도원에 들어갔는데 그곳에서 뜻밖에 결혼식을 하는 신랑 신부를 만났습니다. 결혼미사를 올리려는 모양입니다. 가족과 지인들로 발 디딜 틈 없이 교회가 가득 찼습니다. 역시 결혼식에선 신부가 가장 아름답습니다.

행사가 있다 보니 촬영 허락도 너그러워 하객처럼 자연스럽게 그쪽의 사진을 맡은 사람들과 사진 얘기를 하며 비집고 다니며 찍다 나왔습니다. 놀만큼 놀라고 충분한 시간을 준 것 같은데, 떠나오려니 아쉬운 생각이 드는 곳이었습니다.

수도원에서 내려오는데 상가 처마 아래서 젊은 화가가 달려옵니다. 올라갈 때 계단쯤서 자신이 그린 유화를 팔던 청년입니다. 우리가 자신의 그림에 관심을 보였던 것이 그림을 사갈 것 같았는지, 비가 오니까 남의 집 계단으로 자리를 옮기고 우리를 기다렸던 모양입니다. 다시 그림을 참견하기 시작, 동생은 정물화 한 점, 저는 주황색을 많이 쓴 모로코 풍의 그림 한 점을 샀습니다. 자신은 예레반 예술대학을 나왔다고 소개하면서 신나서 캔버스 틀을 뜯어냅니다. 아무래도 운반이 쉽지 않을 것 같아 틀을 제거해서 가져와 다시

액자를 만들었습니다. 그 그림이 전번에 보셨던 제 작업실에 걸린 그림이랍니다.

그렇게 세반 호수 풍경은 결혼식 풍경으로부터, 비 오는 풍경, 그림을 팔던 화가의 풍경까지, 그리고 한 장의 그림으로 인해 더욱 견고하게 각인되어 갑니다.

14 예술이 충만한 나라, 수도 예레반 즐기기

우린 여행 중에 진짜로 간절히 원하는 것이 몇 가지 있습니다. 우리가 그 나라에 머무는 동안 근사한 공연이 있어 주길, 혹은 근사한 전시회나 사진전이 여행 일정과 맞아 주길. 가끔은 행운처럼 오기도 하고 가끔은 애석하게도 어제 끝난 적도 있었습니다. 닿고 안 닿고는 모든 것이 우리와의 인연이라고 생각합니다. 따라서 행운이 되기도 합니다. 못 보았다고 해서 불행은 아닙니다. 우리는 차선의 행운을 즐기는 법도 알거든요. 그러니까 우리는 새로운 도시에 들어가면 제일 먼저 그 지역의 정보를 알아둡니다.

일행이라고 해야 고작 같이 온 동행자 한 사람과 길잡이. 그 둘 다 떠나고 우리 둘만 남았습니다. 5박 6일간 예레반에서만 더 머물기로 했습니다. 유명하다는 웬만한 수도원이나 문화유산 관광은 거의 마쳤으니 우리 식대로 놀아 보려고 호텔을 시내권으로 옮기고 지도를 펼칩니다.

5박 6일이란 빠듯한 시간입니다. 대략 지도로 도시를 파악하고 볼거리나 공연물의 예약과 휴관 일정을 체크합니다. 그리고 재래시장, 묘지까지 체크합니다. 동생과 여행궁합이 잘 맞습니다. 우리는 한 도시에 머물 때 꼭 하는 짓이 있습니다. 사진 갤러리나 미술관 가기, 벼룩시장과 재래시장 가기, 시내버스 타고 종점까지 갔다 오기, 지하철 타고 시내 돌기, 일정 중에 아쉬웠던 곳 다시 가기, 묘지 가기, 서점 가기, 천 가게 가기. 그도 저도 아니면 한나절 서점에 가서 그 나라 사진집을 독파하는 것으로 대체하면 문제없습니다. 동생이 옷 만드는 것을 좋아해서 어떤 때는 천 가게에 가서 한나절을 오롯이 소비할 때도 있답니다. 무게가 나가서 그렇지, 득템하여 커튼감이라도 건져 올 수 있다면 또 다른 맛의 인테리어를 할 수도 있는 행운이 옵니다.

우선 조사에 들어갔습니다. 이곳 아르메니아는 러시아 발레만큼이나 발레 공연이 유명하답니다. 가격도 착해서 우리나라 돈으로 15000원이나 20000원만 주면 수준 높은 아르메니아 발레 공연을 관람할 수 있다고 했는데, 그만 그 유명한 공연장 들어갈 기회를 놓쳤네요. 공연하는 무용단이 여름공연을 마치고 뻬쩨르브르크로 해외공연을 떠났다고 합니다. 어쩔 수 없이 간신히 떠나오기 전날의 민속공연을 예약했습니다. 그리고 오페라뮤직홀 근처의 미술학교나 음악학교의 건물로 들어가 아이들 연습하는 것이라도 보기로 했습니다.

*15*_ 비둘기가 있는 풍경

    숙소 근처의 사진 아틀리에서 만난 사진가가 찍고 직접 인화한 흑백사진 한 장. 이 나라와 비둘기, 소년과 비둘기가 예사롭지 않아 사진이 퍽 마음에 듭니다. 아직까지 사진에 정착액이 묻어 있는 듯합니다. 후각이 둔화된 줄 알았는데, 현상액에서 살아 나오는 비둘기의 상상에서 많은 장면들이 인화됩니다.

    지독한 아날로그의 추억입니다. 아버지는 새를 좋아하셨었습니다. 비둘기를 든 저 어린 친구, 막둥이와 비슷한 또래였을 적, 동생도 아버지가 기르던 새를 들고 저런 포즈를 취한 적이 있었습니다. 사진을 통해 막둥이를 기억합니다. 새를 통해 아버지를 기억합니다. 아버지는 특히 노랫소리가 좋다는 종달새를 좋아하셨습니다. 아버지와 새와 나와 연관된 이야기를 들려주니 안이는 그런 건 잘 몰랐다며 아버지가 새를 좋아하셨는지도 어렴풋하다고 합니다. 형제가 여럿이다 보니 아버지에 대한 기억도 각각입니다.

    사진이 궁금하여 2층에 있는 작업실 아틀리에로 올라가니 사진작가 겸 아틀리에를 운영하는 주인이 다음날쯤이나 볼 수 있다고 하네요. 다음날 오전에 그곳부터 들렀습니다.

    젊은 친구가 감각 있는 작업실을 운영합니다. 아르메니아의 옛 사진을 토대로 그 시대를 연출을 해서 기념사진을 찍어 주는 곳입니다. 옛 결혼사진, 생일 파티 사진, 가족사진, 왕실 사진을 모티브로 한 재미있는 작업입니다.

    아, 이거라면 나도 돌아가서 후속작업으로 시도해 보고 싶은 콘셉트입니다. '추억을 찍는 사진관' 재미있겠지요? 선생님은 만약에 추억을 찍는다면 어느 시절의 어느 장면을 찍고 싶으신지요? 저는 우리 가족들과 엄마, 아버지와 단란한 가족사진을 찍고 싶답니다.

*16*_ 예레반에서 지하철 타기

예레반의 지하철은 단 한 개의 노선이고 10개의 역을 가지고 있습니다. 그렇다면 어려울 것 없습니다. 만에 하나 실수를 한다 하더라도 건너편에 가서 다시 돌아오는 지하철을 타면 문제없습니다. 한 번은 타 봐야 하지 않겠냐고 해서 탄, 그러니까 목적지가 중요한 것이 아니라 지하철이라서 탄 지하철입니다. 다음날은 로컬버스를 타고 종점까지 가서 시골마을 구경하고 되돌아나오기로 하였습니다.

우선 시내를 가려면 4정거장쯤 가야 했는데, 어떤 안내서에도 지하철에 대해선 친절하게 나와 있지 않습니다. 이곳의 지하철은 관광객들보다 주로 내국인들이 이용하기 때문에 역 이름도 영어 안내가 없습니다. 키릴 문자나 아르메니아어로만 표시되어 있습니다. 그러니까 아르메니아어를 모른다면 지도를 보고 철자법을 옮겨 적거나 그려서 타면 됩니다. 게다가 몇 번 다니다 보면 빤한 거리입니다.

ZORAVAR ANDRANIK은 아르메니아의 영웅이라는데 역 근처 그레고리 교회 옆에 동상이 세워져 있고 그것으로 역 이름을 지었답니다. 소련 통치 시절에는 인구 100만이 넘는 도시에만 지하철을 건설했는데 이 지하철도 예레반 인구가 100만이 넘자 만든 지하철이랍니다. 그래서인지 지하철 입구로 들어가면 러시아 몰이 있었습니다. '러시아 몰이 아직도 남아 있다?' '소련이 붕괴된 지 얼마인데?' 아니, 그 통치를 받고도 러시아 몰이 있는 것이 신기하였습니다.

지하철 입구에 들어서자 모든 시설이 옛 시대로 되돌아간 듯, 묵직하고 소련스러웠습니다. 더군다나 사진을 찍으려는데 제복 입은 사람이 다가와 제지를 합니다.

"여긴 러시아가 아니라 아르메니아 아닌가?"

"왜?"

"러시아라도 그렇지, 때가 어느 때인데?"

"예레반에 지하철이 있다는 건 자랑스러운 일 아닌가?"

이리저리 툴툴거려 보았자 여긴 아르메니아입니다. 모로코에서 왕궁을 찍었다가 영문도 모르고 당했던 일도 있고 해서 찍지 말라고 하면 찍지 않는 것이 상책이다 싶다가도 도저히 납득이 가지 않아 투덜거렸습니다. 하지 말라고 하면 안 하는 것이 좋습니다. 해외에선 약속을 지키는 것이 좋습니다. 나와서는 우리 모두가 '내'가 아니라 '코리아'이니까요.

어쨌거나 여차하면 내려서 걸어올 수 있는 거리만큼만 타고 가서 시내를 구경하고 오자고 하였습니다. 'ZARAVAR ANDRANIK'역에서 타서 4정거장은 너무 먼 것 같아 2정거장만 간 'YERITASARDAKAN'역에서 내리기로 했습니다. 더 먼 곳은 내일 시내버스로 다니는 것이 좋을 것 같았습니다. 내리고 보니 뮤직홀 근처. 헌책방 거리를 지나 좀 더 내려오니 오페라하우스가 있었습니다. 지적인 거리, 이제 예레반 시내가 지도처럼 읽혀집니다.

17_ 에레반 공화국광장의 러시아 인장

우리 숙소였던 KANTAR 호텔을 기점으로 하면 이제 어느 거리든 가기가 수월해졌습니다. 공화국광장을 거쳐 베르니샤즈 벼룩시장을 찾아가기로 했습니다. 토요일에 열린다고 하니, '토요일은 벼룩시장 가는 날' 일정을 일찌감치 잡아 두었었습니다. 공화국광장 옆길을 위쪽으로 따라 올라가다가 오른쪽으로 꺾어지면 벼룩시장이 나옵니다.

공화국광장 정부건물에 러시아 인장이 있다 하여 벼룩시장 가기 전에 찾아보기로 했습니다. 떠나오기 전 누군가가 올린 러시아 인장 사진 한 장에서 그걸 메모하고 볼거리 목록에 집어넣었었기 때문입니다.

'아르메니아에, 그것도 수도 예레반에 러시아 인장을 남겨 두었다? 왜?'

톡하면 쉽게 부수고, 뽑아 버리고, 베어 버리고, 뭉개 버리는 우리나라라면 저걸 어떻게 했을까요? 궁금해졌습니다. 아르메니아 사람인들, 자신들을 속박하던 러시아가 고울까요? 그냥, 여기 아르메니아 사람들은 있는 그대로를 원망 없이 받아들이는 것 같았습니다. 역사니까. 아픈 역사는 아픈 역사대로, 그것도 역사니까. 더군다나 러시아에 살고 있는 200만 명의 아르메니아인의 삶도 지켜 주면서 살아야 하니까. 지운다고 사라지는 것도 아니고, 안 본다고 잊혀지는 것도 아닌, 역사라는 걸 익히 깨닫고 있는 나라.

우리 민족은 대체적으로 다소 다혈질인 것 같습니다. 여행을 하면 나를 객관적으로 보는 눈이 생기고 내 나라를 다른 나라와 비교하는 법을 배우게 되는데, 무엇이 진정으로 옳은지 생각하게 된답니다. 저는 그냥 두는 쪽도 괜찮다는 생각을 해 봅니다. 보고 또 보고, 다시는 그런 일 또 겪지 말아야 한다는 맹세로 여길 겸, 지우고 잊는 것이 아니라 보면서 곱씹어야 할 필요도 있다는 생각이 듭니다.

그것도 정부건물에 붙여 두고 "국민 여러분, 다시는 이런 일은 없도록 하겠습니다"와 같은 서약이 아닐런지요.

*18*_ 캐스케이드 전경

안내책자에서 캐스케이드Cascade에 우리나라 지영호 작품이 있다 하기에 미션처럼 캐스케이드를 뒤져 사자 작품을 찾아냈습니다. 예레반에서 캐스케이드는 전체가 예술의 공간입니다. 지금의 예레반은 알렉산더 타마디안 Alexander Tamanian(1878-1936)이라는 러시아 건축가가 설계를 했는데 어디서나 아라랏산이 잘 보이도록 설계했다고 합니다. 캐스케이드 입구에 있는 타마디안의 동상을 둘러보고 우리도 아라랏산이 잘 보이는 그늘에 들어가 앉아 잠시 쉽니다. 먼 곳까지 와서 우리나라 작가의 작품을 만난다는 것도 기분 좋은 일이지만 아라랏산을 바라보고 앉아 쉬는 맛도 괜찮습니다.

바람이 머리칼 속을 지나갑니다. 선생님의 시를 한 수 펼치고 소리내어 읽을 수 있는 여행이라서 참 좋습니다.

선물

나태주

나에게 이 세상 하루하루가 선물입니다
아침에 일어나 만나는 밝은 햇빛이며 새소리,
맑은 바람이 우선 선물입니다.

문득 푸르른 산 하나 마주했다면 그것도 선물이고.

서럽게 서럽게 뱀 꼬리를 흔들며 사라지는
강물을 보았다면 그 또한 선물입니다.

한낮의 햇살 받아 손바닥 뒤집는
잎사귀 넓은 키 큰 나무들도 선물이고
길 가다 발밑에 깔린 이름 없어 가여운
풀꽃들 하나하나도 선물입니다.

무엇보다도 먼저 이 지구가 나에게 가장 큰 선물이고
지구에 와서 만난 당신,
당신이 우선적으로 가장 좋으신 선물입니다.

저녁 하늘에 붉은 노을이 번진다 해도 부디
마음 아파하거나 너무 섭하게 생각지 마서요
나도 또한 이제는 당신에게
좋은 선물이었으면 합니다.

캐스케이드에 있는 폐타이어로 만든 지영호 작품 Lion 2, 2008년에 제작

<u>19</u> 블루 모스크

블루 모스크의 '블루Blue'라는 단어 하나에 필이 꽂혀 블루 모스크를 찾아갔습니다. 왜 블루일까 궁금했는데 둥근 모스크 첨탑의 블루가 아주 예술입니다. 블루를 찾아 아주 많이 걸었던 날이었지만 결코 후회하지 않았던 방문이었습니다. 수도원이나 교회가 대부분인 중심지에 이슬람의 블루 모스크라니, 궁금증을 유발하게 했습니다. 국교에 가까운 불교에 이슬람 사원도 그랬었고, 이슬람 국가의 교회도 신기하긴 마찬가지였었습니다. 터키에서도 블루 모스크를 본 적 있습니다. 본래 이름은 '술탄아흐메드 사원'이었던 것 같습니다. 아야소피아 성당 근처의 제법 큰 사원으로 기억됩니다.

예레반의 블루 모스크는 입구에서부터 이 지역의 이슬람 역사를 담은 사진이 전시되어 있었습니다. 짐작대로 교회 중심의 아르메니아라는 나라에서 무슬림으로 살아간다는 것은 평범하지 않을 것 같다는 생각이 들었습니다. 자신을 '이란인'이라고 소개하는 어떤 분을 만났습니다. 이 나라의 아르메니아인 속에서 이란인으로 버텨내며 사는, 그러나 이 나라에서 살아가는 이란인에 대한 종교적 배려가 블루 모스크라고 생각하면 문제는 쉬워질 것 같습니다. 여행에서 조금만 관심을 가지고 들여다보면 정치적 갈등이 보이고 화해가 보이고 그 속에서 문화가 읽혀집니다. 종교의 역사는 그렇게 반은 반목하다가 반은 화해하는 역사라는 생각이 듭니다. 예레반에서의 모스크는 나름 신선했습니다.

어쨌거나 블루라는 이미지는 깊은 바닷속과 우주와 같은 높은 하늘의 이미지로, 인간의 손이 닿을 수 없는 성스러운 곳으로 비쳐집니다. 또한 그 성스러움은 이슬람과 퍽 가깝게 느껴집니다. 아마도 이슬람의 상징인 프레시안 블루 때문이 아닌가 생각됩니다. 하늘 아래 푸르게 빛나며 신께 빠르게 가장 가까이 가는 색을 한 둥근 모스크 아래의 기도는 푸르게 빛나며 절실해집니다.

사원 안에 들어가 한참을 쉬며 놀았습니다. 들어오라며 우리를 안내해 주었기 때문입니다. 우리는 제단을 향해 시원한 자리에 앉았습니다. 머리를 감싸는 히잡(아니, 그냥 머리카락을 가리는 정도의 휘휘 감은 모습입니다)으로 예를 갖추고 양말을 벗으면 된다 하여, 양말을 벗어 얼른 주머니에 끼워 넣었습니다. 그리고 그분의 머리가 땅에 닿을 때마다 고개를 약간 숙이며 함께 예를 갖췄습니다.

사람들은 정해진 시간 없이 틈틈이 들러 예배를 드리고 돌아갑니다. 이방인이 사원 안에 들어와 놀거나 말거나 신경을 쓰지 않는 것으로 봐서 누구나 기도할 수 있는 공간인가 봅니다. 우리나라에서의 '우리 성당' '우리 교회' 하며 담을 갖는 것과는, 그래서 남의 교회에 가서 예배를 드리면 남의 집에 허락 없이 들어간 불편한 관계와는 다른 모습입니다. 너그러움이, 친절함이, '텅 빔'이 좋았던 한나절이었습니다.

<u>20</u>— 짧은 인연, 긴 이별

한 나절 시장을 쏘다니다 보면 사람들과 금방 친해집니다. 격의 없이 자신을 드러내고 가까워질 수 있는 사람들, 시장사람들은 만만하고 편하고 좋습니다. 만만하다는 의미는 무시한다는 의미가 절대 아닙니다. 편하다는 의미랍니다. 또한 쉽게 정을 줄 수 있다는 의미입니다.

한 일주일쯤 그 도시에 머물면서 몇 번만 시장엘 나가면 우리는 어느새 단골이 되어 있습니다. 먼저 아는 척하고 덤도 줍니다. 가장 진솔한 사람이 사는 곳이 시장이 아닐까 생각합니다.

여행을 하면서 가장 흥미로운 일이 시장을 돌아다니거나 골목을 도는 일. 그곳에 사람이 있고, 그 나라가 있으며, 그들의 시시콜콜한 생활 속에 문화가 있습니다. 내가 그 나라를 다시 가고 싶어진다면 그 사람들이 그리워서일지도 모르겠습니다. 그리하여 제 여행에서 시장돌기는 필수입니다.

미얀마가 그랬고 쿠바가 그랬고 인도, 또 모로코가 그랬습니다. 다른 도시를 돌아보다 돌아올 때쯤 그들이 다시 그리워져 돌아가서 끌어안고 눈물을 흘린 적도 있었습니다. 한 번만 더 보고 싶어서, 다시는 올 수 없을 것 같아서, 다시는 만날 수 없을 것 같아서, 희망을 품으면 못할 것도 없는 꿈이건만 여행은 그런 그리움이고 아쉬움입니다.

여행은 버리고 털고 오는 것이 아니라 그리움 끌어안고 그들과 함께 돌아오는 벅찬 사랑이 아닐까 생각합니다. 더 이상 누군가를 그리워하는 일을 그만 두고 싶어서 여행을 그만둘까 하는 생각까지 든 적이 있었습니다. 그래서

함께 기억할 수 있는 사진이 좋았나 봅니다.

이곳은 떠나오던 날 오전, 처음이자 마지막으로 들린 데다 시간도 없어 사람도 풍경처럼 스케치하고 떠나온 골목입니다. 골목부터 어느 집 중정안 뜰까지 찍었습니다. 중정식 주택은 뜰 안에 여러 가구가 문을 마주 보고 모여 삽니다. 키가 크고 멋진 사내가 막 문을 열고 나왔습니다. 그림에 관심을 보이니 작은 그림 하나 건네줍니다. 얼마간 그림값을 지불하고 싶어서 지갑을 뒤적이니 선물이니 그냥 가져가라고 환하게 웃습니다.

그렇게 그들은 생판 모르는 사람에게 선물을 건네고 나는 아무렇지도 않게 그림을 하나 선물로 받아 왔습니다. 수도원을 그린 풍경인데 컵받침 위에 그린 그림이었습니다. 세차장을 하는 아저씨인데 그림을 전공했었다고 했습니다. 화가 출신답게 빨래집게로 차를 여러 대 널어 놓은 그림으로 간판을 대신하였습니다. 아주 멋지다고 '엄지 척' 해 주었습니다. 덩치 크고 멋진 그 사내가 생생합니다. 오래 이별을 즐깁니다.

21_ 미루나무가 있는 풍경

우리나라에도 한때 신작로에 미루나무가 참 많았습니다. 어느 시점에 모두 베어졌는지, 왜 모두 베어 버리고 포플러를 심었는지는 알 수 없지만, 미루나무를 통해 봄과 가을이 오던 그때의 추억도 함께 베어져 버렸습니다. 미루나무가 유난히 많은 아르메니아 들판을 달리면서 옛 추억이 계속 따라 옵니다.

어린 시절, 엄마가 어쩌다 청주 장에 갔다가 돌아올 때 즈음이면 수전골 언덕에서 엄마를 기다렸는데, 멀리 미루나무 사이로 버스가 서고 엄마는 미루나무 사이에서 나오곤 했었지요.

어느 해이던가 장마가 지나던 여름날, 신작로 양쪽 수로가 넘쳐 신작로를 덮친 적이 있었습니다. 친구들과 송사리를 주우러 갔었는데, 신작로 위로 송사리들이 떼로 팔딱팔딱 뛰면서 송사리는 은빛으로 빛났었습니다. 우린 빗속에서 소쿠리를 들고 송사리를 정신없이 주워 담았습니다. 그러다 고개를 드니, 튀는 송사리 너머로 멀리 줄지어 서 있던 싱싱하고 무성한 미루나무 잎도 바람결에 빛나면서 이파리 사이에도 송사리가 튀었더랬습니다.

그리고 얼마 있다가 서울로 전학을 갔고, 몇몇 남겨진 유년의 기억 속에 신작로도 추억 속으로 들어갔습니다. 그런 미루나무를 여기서 만나다니.

미루나무 하나로도 아르메니아가 참 좋아집니다. 아라랏산의 미루나무가 어머니를 품고 서 있습니다. 아르메니아에 대한 모든 추억도 장에 갔다가 돌아오는 어머니처럼 어느 날 문득 걸어 나오길 기대합니다.

미루나무

본래는 하늘나라에 살던 물고기였어
소나기 내리는 틈을 타 빗줄기 타고
내려왔다가 다음 번 비에 오르기로 한 거지

길 위에서 수없이 파닥거리는 비늘들
폭우 속의 빗줄기따라 하늘로 오르던
송사리 떼 비 멈추자 그만 길을 잃었던 거야
순식간에 우수수 빛처럼 떨어졌어

더러는 미루나무 위로 떨어진 몇 놈,
나뭇잎 사이서 오도가도 못하고
잎새 위에서 파닥였지

비 내린 후 반짝이는 이유
알겠어, 이파리인지 송사리인지
누구에게도 들키지 말라고
함께 반짝여 준다는 것을
아니면, 오르지 못한 송사리 떼
말라가면서 비늘로 반짝였거나.

22_ 여행이 만들어 준 인생의 동반자, 안이

　나의 여행 대부분은 막둥이 여형제 안이와 함께입니다. 형제간에도 합이 든 형제가 있다더니, 죽이 제일 잘 맞는 동생이라서 늘 함께 떠나곤 합니다. 첫 여행 때부터 쭉 20년 넘게 했습니다. 함께 여행하면서 잘 맞는다는 것은 쉬운 일이 아닌데 엄마는 내 인생의 동지를 동생으로 주셨습니다.

　여행은 인내와 사랑을 주기도 하지만 사소한 것이 단칼이 되기도 합니다. 여행에서 만났던 어떤 친구는 20년 지기와 여행을 나왔다가 샴푸 하나로 소원해졌다고 합니다. 그쯤 되면 발칙한 상상이긴 하지만, 평생을 함께 살려는 결혼 상대를 만나면 함께 배낭여행을 다녀오는 것도 나쁘지 않겠습니다. 그만큼 오랜 여행에서는 아주 사소한 것으로 서로를 경험하게 됩니다. 배려가 필요하고 상대방을 위하여 함께 견뎌내 줘야 하는 일을 훈련하게 합니다. 그런 측면이라면 혈육인 동생을 여행 파트너로 만났다는 것은 단순한 여행 파트너라기보다 인생의 동반자가 되어 가는 과정이라고 생각을 합니다.

　한번은 제가 병원에 입원할 일이 생긴 적 있었는데, 으레 병원에서는 시술이나 수술에 앞서 최악의 경우 사망에 이르더라도 이유를 달지 않겠다는 서명의 도장을 날인할 수 있는 보호자를 요구하곤 하지요. 그럴 때 저는 남편보다 동생 안이를 불러들였습니다. 참 묘한 숱한 감정들이 복잡하게 오가던 순간이었으며 참으로 추하고 흉한 장면을 만나더라도 그런 순간이 동생에게는 부끄럽지 않을 것 같다는 생각이 들었던 것 같습니다. 물론 이후 그런 최악의 경우에 남편보다 동생을 생각했다는 이유로 약간의 언쟁이 있기는 하였답니다. 그런 일을 겪다 보니 남편이건 자식이건 그 누구나 살면서 최악의 경우 어떤 이의 손을 잡을지는 참으로 알 수 없는 것이라는 생각도 들었습니다. 저는 어쨌거나 동생이 편해서 동생의 손을 잡길 원했었고 그런 동생과 어디건 함께 여행하면 편해지기 시작했습니다. 이상한가요?

이번에는 안이와 코카서스를 다녀왔습니다. 코카서스 3국인 아제르바이잔, 조지아, 아르메니아는 코카서스 산맥 아래 옹기종기 그리고 아웅다웅 날을 세우며 삽니다. 아제르바이잔으로 들어가 조지아를 거쳐 아르메니아에서 나왔습니다. 아제르바이잔과 아르메니아는 사이가 좋지 않아 여행을 할 때는 아제르바이잔으로 먼저 들어가는 것이 유리합니다. 이러한 여건들은 여행을 초반부터 긴장시킵니다.

여행은 여행사를 통해 안내를 받았으며 길잡이 B씨를 포함해서 4명이 함께했으며 각 나라에 대한 정보는 길잡이 B씨를 통해 도움을 받았습니다.

Ⅱ
조지아

01_ 다시 가고 싶은 나라, 조지아

길잡이가 되어 함께 여행했던 B씨가 그랬습니다. 이 세상에서 우리나라 말고 또 다른 곳에서 살아야 한다면 자기는 서슴없이 조지아의 트빌리시를 택하겠다고. 서너 번쯤 다녀간 조지아는 올수록 마음에 든다면서 조지아에 들어서며 그녀는 먼저 마음이 들떠 있었습니다. '따듯하다'의 의미를 지닌 트빌리시는 그만큼 모두를 따듯하게 만드는 푸근한 도시인가 봅니다

우리에게 조지아에서 잡힌 일정은 열흘. 제가 B씨가 반했던 만큼 조지아에 반할지는 모르지만 무엇이 그렇게 매력이 있는지, 이 나라를 그녀의 관점으로 보려고 노력했습니다. 그러나 솔직히 조지아가 그리워진 건 정작 다녀와서였습니다. 너무 기대를 한 탓인지, 기대를 뛰어넘지 못했습니다. 아니, 제가 조지아에 대해 몰라도 너무 몰랐습니다. 아니, 저는 이미 아르메니아를 마음에 품고 있었던 탓일지도 모릅니다. 그러나 정작 여행에서 돌아와 정말로 가슴을 쳤답니다. 그리고 꼭 다시 조지아를 가야지, 다시 꿈을 꾸었습니다. 그 이유는 단 한 사람의 화가를 만났기 때문입니다. 다녀와서 피로스마니를 알게 되었다는 이유 때문이지요. 조지아의 국민화가라 불리는 피로스마니에 대해서는 시그나기부터 구구절절 할 말이 참 많습니다. 참 어처구니 없는 여행을 하고 돌아왔다는 고백부터 하면서 시작해야 하는 것과 마찬가지입니다.

어쨌거나 조지아 국경을 들어서며 검색대가 있는 건물 옆에 피로스마니의 그림이 걸린 것도 그냥 지나쳐 왔으며, 나중에야 사진에서 그 그림이 피

로스마니의 그림이었음을 알았답니다. 얼핏 예사롭지 않은 그림 하나에 눈길 한 번 주었을 뿐, 보석을 돌멩이로 보고 지나쳐 왔던 거죠. 여행은 인생과 같아서 자주 놓치고 스쳐 지나가는 인연들과 뒤늦게 아쉬워합니다. 다행히 여행에서 돌아온 뒤 보석을 만나고 돌아온 듯 그리워하기 시작했습니다. 사진의 구석구석, 저 혼자 내 사진 속으로 기어 들어온 풍경까지 모두 인연이라 생각하고 빠져 버렸습니다.

그만큼 조지아는 겉만 보아서는 알 수 없는 나라입니다. 긴 역사 속에 숱한 외침과 극복의 역사를 이해하려면 눈에 보이지 않는 속살을 보아야 합니다. 그래야 조지아를 보았다고 말할 수 있을 것입니다. 보는 순간 매력에 빠지는 나라가 조지아입니다. 러시아의 문호들이 조지아를 너무 좋아해서 조지아를 배경으로 세계적인 작품을 많이 만들었습니다. 막심 고리키는 조지아의 철도기지창에서 일하면서 처녀작인 『마카르 추드라』라는 작품을 썼답니다. 톨스토이 역시 조지아를 배경으로 『하지무라드』를 썼다고 합니다. 하지무라드라는 실존 인물을 슬픈 영웅으로 조명했다고 하는데 아직 『마카르 추드라』도, 『하지무라드』도 읽지 못했습니다.

음식 역시 조지아의 음식을 세계적으로 인정하는데, 시인 푸시킨은 "조지아의 음식은 하나하나가 모두 시와 같다"라고 말했다고 합니다. 조지아에 대해 알아야 할 것이 너무 많습니다. 열심히 조지아에 관련된 동영상이나 유투브를 돌려보느라 밤을 새면서 뒤늦게 감동합니다.

다음에는 배경이 되었던 소설, 영화, 미술 등을 모두 섭렵한 후 조지아에 도전해야겠습니다. 함께 조지아로 떠나지 않으시겠어요, 선생님?

02 _ 국경도시 라고데기

조지아는 신화의 배경이 될 법한 나라로, 어느 것 하나 빠질 것이 없는 참 아름답고 예쁜 곳입니다. 너무 예뻐서 너무 많은 나라들이 조지아를 탐냈다는 것이 흠이랄까요? 지정학적 요충지인 까닭에 이미 4세기 때부터 그리스로부터 침략을 당하기 시작하여 1990년대까지 페르시아, 로마, 아랍, 오스만제국, 러시아 등 잇따른 강대국의 침략을 받은 험난한 역사를 지니고 있습니다. 열강의 틈새 값을 톡톡히 치렀습니다. 결국 20C에 소련에 합병되어 러시아식의 표기인 '그루지야'라는 국명으로 살아야 했죠. 그러다가 1991년 독립을 했고, 2010년 다른 나라에 자국의 국명을 영어식 표기인 조지아로 불러 줄 것을 공식 요청하였답니다. 그래서 우리나라도 2012년부터 조지아로 고쳐 부르게 되었다고 해요. 그러나 조지아가 낯선 세대들은 아직도 '그루지얀'이라고 자신을 소개합니다. 제 주변에 조지아와 사진으로 오래 교류하는 선생님은 아직도 '그루지야'라고 부른답니다.

어쨌거나 끊임없는 이민족의 침략과 파괴를 당해 왔으나 성품이 선천적으로 착하고 낭만을 즐길 줄 알아, 그들과의 관계 속에서 항상 자신이 맞닥뜨린 상황과 타협하는 방법을 터득했다고 합니다. 그래서 사람이 찾아왔을 때 한 손에 칼을 들었으면 적군이라 생각하고 맞서 싸우고, 칼을 안 들었으면 친구처럼 한 테이블에서 와인을 마셨다고 합니다. 그만큼 상황에 따라 적응을 잘 했다는 얘기겠죠.

여기서도 알 수 있듯이, 조지아인들은 사람들과 화합하고 소통하는 방법

으로 와인을 이용하였으며 그 포도주의 역사도 8,000년이나 되었다고 합니다. 그들의 정신은 포도주와 함께했다고 보아야겠지요. 그래서 다른 민족들이 조지아를 침략할 때 제일 먼저 그들의 정신인 정원과 포도밭을 파괴하고, 조지아인들은 파괴될 때마다 또다시 그만큼의 포도를 심었다고 합니다. 그렇게 지켜낸 결과 조지아 전통 방식의 '크베브리 와인'은 유네스코 세계무형문화유산에 등재되었다고 합니다. '크베브리'란 양조, 숙성, 저장에 사용하는 조지아의 전통 항아리를 말하는데, 집을 지을 때 우선 항아리가 들어갈 자리와 장소를 잡을 만큼 포도주 항아리를 최우선시한다고 합니다. 수도원에서도 봉헌용으로 쓰기 때문에 수도원 자체적으로 포도를 재배하고 포도주를 담는 것은 자연스러운 일, 그러기에 수도원 뜰에서도 황토 항아리가 흔하게 굴러다니는 것을 볼 수 있습니다.

그런저런 이야기를 들으며 국경을 넘어왔습니다. 이들에겐 중앙아시아의 실크로드를 따라 들어온 동양과 서양의 문화를 적절히 융합시켜 그루지얀이 되었습니다. 그루지얀의 재주가 놀랍습니다. 장소를 이동할 때마다 길잡이 B씨는 차에서 한없이 그 나라에 대한 정보나 그 지역 혹은 장소의 정보를 찾아 읽어 줍니다. 여러 번 다니더니 정보가 훤합니다. 열심히 메모를 하며 적기 바빠집니다. 뭐하려고 그리 열심히 적었을까 싶었는데 결국은 이렇게 선생님께 조지아를 얘기해 드릴 수 있는 귀한 자료가 되었습니다.

_03_ 가우마조스!

국경을 넘어 점심시간이 되었기에 도착하자마자 우리는 그 유명하다는 조지아 와인을 찾기 시작했습니다. 식당 주인도 하우스와인의 일종인 '크베브리 와인'을 권하더군요. 이 나라 음식은 모두 와인과 잘 어울립니다.

이 나라에서는 와인을 마실 때 "타마다!"라고 외칩니다. 타마다(Tamada)란 건배를 외치는 사람이 말하지만, '신께 영광을, 인류에게 평화를, 모두에게 안녕'을 기원하는 뜻으로 응수하는 사람들은 "가우마조스!"라며 잔을 부딪칩니다. 그렇게 건배를 주관하는 타마다가 된다는 것은 영광이지요. 우리나라에서도 한잔 시작할 때 연배가 높은 사람이나 좌장이 되는 사람에게 주로 건배사를 하는 우선권을 드리지요, 아마 이 나라도 그러한가 봅니다.

이들에게 와인의 의미는 무엇이었을까요? 와인의 역사와 함께해 온 민족사를 생각하면 와인을 통해 그들은 즐기는 법이나 어려운 시간을 잊는 법도 배우지 않았을까 싶습니다. 그래서인지 기쁜 날은 26잔, 슬픈 날은 18잔을 마시는 풍습이 있다고 합니다. 잔 역시 염소뿔로 깎은 '깐지'라는 뿔잔을 사용합니다. 내려놓을 순간도 없이 연달아 "가우마조스!"를 외쳤을 사람들. 백제토기에서도 말 위에서 마셨다는 마상뿔잔이 있지요. 승리의 건배는 뿔잔이 제격입니다. 이 지역의 풍습이 우리나라까지 왔을지도 모릅니다. 백제시대엔 워낙 국제적인 교류가 활발하였다고 하니까 실크로드 길의 조지아를 생각하면 백제를 떠올리게 됩니다.

이들은 결혼식 날엔 아버지가 항아리째 내놓았겠지요. 제 경우도 시집보

낼 때 친정엄마가 술밥부터 쪘던 기억이 납니다. 좋은 날에 술은 그만큼 중요했던 모양입니다. 어쨌거나 와인을 마실 때마다 건배에는 조지아를 위한 참 절실한 기원이 배어 있다는 생각이 들었습니다. 그리고 조지아에 있는 동안은 기꺼이 마셔 주고, 기꺼이 "타마다!"를 외쳐 주고 싶다는 생각이 들었습니다. 때마다 집집마다의 하우스와인을 한두 잔씩 그렇게 음미하는 것도 재미있는 여행이 되겠습니다.

우리나라보다 조금 더 큰, 크지도 않은 나라. 인구도 500만이 안 되는 나라. 대부분 기독교 종파인 조지아 정교를 믿으면서 고래 싸움에 새우등 터지며 간신히 지켜 온 듯한데 과연 이 나라를 지켜 온 버팀목이 무엇이었는지, 혹시 와인은 아니었는지. 선생님을 위해서도 건배를 올립니다.

04_ 시그나기, 적요의 풍경

시그나기Sighnaghi에 들어서며 만난 첫 풍경입니다. 염殮도 하지 않은 채, 뽀얀 얼굴로 마지막 화장을 하고 상여가 담담히 갑니다. 떠나는 길, 뚜껑이 열린 관을 들고 가는 모습이 적요합니다. 벌써 다 내려놓은 듯 편하게 누운 어르신. 공동묘지로 가서 그 얼굴 위에 흙을 뿌리겠지요.

저는 세계 어느 나라를 가든지 공동묘지 방문하는 것을 즐기는 편인데, 제일 인상 깊었던 곳은 모로코 페스의 묘지였습니다. 마치 하얀 침대처럼 석관들이 메카를 향해 도열해 있었습니다. 두 개의 산이 온통 무덤이었는데 그 풍경은 차라리 아름답게 보였습니다. 반면에 사하라 사막에선 사람이 죽으면 모래로 덮고 검은 돌을 꽂아 놓는데, 그 풍경은 가슴을 먹먹하게 만들었습니다.

사막엔 이런 얘기가 있답니다. 옛날, 사막에서는 사람이 죽으면 일부러 새끼 낙타 한 마리를 죽여서 무덤 근처에 묻어 놓는다고 합니다. 어미 낙타는 언제 다시 와도 그 너른 사막에서 용케 자기 자식의 자리를 기억하고 찾아낸다고 하니까 어린 낙타를 희생시키는 것이지요. 반면에 우리는 바보처럼 가슴에 묻는 법을 연습합니다.

파리의 페리라세즈 예술인 공원묘지도 웅장했습니다. 마치 조각공원에라도 온 듯, 예술가들의 조각상이 여러 포즈로 서거나 눕거나 하여 온 묘지가 전시장 같았습니다. 그 또한 묘한 감정이었습니다. 예술인은 이름을 남긴다더니, 발자크, 뒤마, 모딜리아니, 쇼팽, 에디트 피아프 등 아는 이름들을 따라 찾아보며 그들의 이름을 기억해 주는 것도 좋은 여행이었지요.

여행 중에 웬 공동묘지냐구요? 처음엔 그냥 신기해서 갔습니다. 그런데 이제는 참 묘하게 여행 중에 꼭 의식처럼 찾게 됩니다. 사람마다 자신이 믿는 종교의 예배소를 찾는 것처럼 저는 묘지를 찾아 이 사람들을 위해 기도하곤 하지요. 산다는 것이 겸손해진다고나 할까요? 나의 기복을 위해서가 아니라 온전하게 누군가를 위해 기도할 수 있다는 것이 나의 오만했던 삶을 반성하게 한답니다. 결국은 사람은 그렇게 저마다 떠나는 방식을 선택하고 준비하나 봅니다.

그래서 이제는 어느 나라 어느 곳을 가든, 그 지역의 묘지를 지도에 표시해 놓았다가 꼭 들릅니다. 명소나 문화유산에 들르듯 내가 꼭 가야 할 곳으로 점찍어 표시합니다. 때로는 이른 아침 택시 타고 혼자 다녀올 때도 있고, 어스름한 저녁 느릿하게 걸으며 오래 산책할 때도 있습니다. 이상한 여자라

고 해도 할 수 없지요. 어느 이른 아침 묘지에서의 예배, 여행 중 적적한 풍경으로 그들과 정이 듭니다.

이곳 시그나기에서도 성벽 밖 무덤을 둘러보았습니다. 성문 밖으로 난 묘지는 제법 큰 묘지였습니다. 유럽에서 보았던 무덤들의 방식이었는데, 크고 작은 석상에 사람의 얼굴을 새겨 놓았습니다. 덤불 속에서 긁히고 검불 묻히며 그들의 영정사진을 찍었습니다. 진작 알았더라면 피로스마니에게 사랑에 빠질 뻔한 시그나기에서, 죽은 뒤 국민화가란 칭호로 불리면서도 정작 어디에서 어떻게 죽었는지 아는 사람 제대로 없는 피로스마니에게서, 남겨진 제 묘지 사진 속에서 니코 피로스마니 Nico Pirosmani 를 상상해 봅니다. 사진으로나마 오래 기억합니다. 성벽 밖으로 난 길 옆 묘지 어디쯤에라도 누워 있겠거니. 그리고 묘비명 하나 적어 사진 아래 걸어 둡니다. 그대를 사랑하게 된 사람으로부터.

05 _ 사랑의 피난처, 시그나기 마을

    제가 조지아를 다시 가고 싶다면 이유는 순전히 '피로스마니의 고향 흔적을 찾아서' 가는 것이겠지만, 시그나기Sighnaghi는 해발 800미터 정도의 언덕에 있는 산간마을로 아주 예쁘고 작아서 아름다운 도시입니다. 이 도시가 더 매력이 있는 것은 아주 특별한 사랑의 도시라는 겁니다. "사랑을 하거나 급하게 결혼을 하고 싶은 사람은 '시그나기'로 오세요. 12시가 넘었어도 그대가 원하면 혼례미사를 올려 드리겠습니다." 말도 안 되는 말이, 말이 되는 도시입니다. 라스베가스처럼 사랑하고 싶은 사람이 결혼을 하기 위하여 달려오는 도시가 '시그나기'라고 합니다. 사랑을 해서는 안 되는 사람을 사랑하거나 사랑이 급하게 필요해진 사람이 시간에 상관없이 교회의 문을 두드리기만 하면, 그 사랑이 인정되는 '시그나기'가 조지아에 있습니다.

    이곳은 성벽을 따라 외곽으로 돌면서 보면 좋습니다. 위에서 바라보는 풍경이 참 근사합니다. 그러나 아름다운 건물은 멀리서 볼 때만 아름답습니다. 아주 오래된 마을이라는 것을 증명하듯, 가까이 가면 빈집과 거의 파손된 건물들이 많습니다. 삐그덕삐그덕, 바닥을 헛디디면 아래층으로 추락할 것만 같습니다. 가파른 언덕배기에 지은 집들이라서 윗 도로 쪽에 난 문으로 들어가면 3층이나 4층, 아래 도로를 걷다 보면 1층이나 2층과 맞닿지요.

    한나절 풍경을 즐기면 족한 곳, 동네 구석구석 돌아보며 어슬렁거리면서 휴식하기 딱 좋은 마을입니다. 골목마다 돌고 나면 시그나기를 샅샅이 훑었다 싶은, 다 섭렵한 기분입니다. 골목을 돌다가 어느 아저씨가 이끄는 가정

집엘 들어갔습니다. 안쪽에서 보면 풍경이 더 근사하다고 이끕니다. 아내와 딸 그리고 손주가 함께 살고 있었는데 베란다로 데려가 여기서 사진을 찍으라고 알려 주었습니다. 기타를 잘 치던 아저씨, 기타를 쳐 주며 우리를 위해 노래도 불러 주셨습니다. 시그나기에서 만날 수 있는 인심이 아니었을까요? 그리고 건너편 호텔 건물이 자기 건물인데 다음에 올 때는 자기 호텔로 오래요. 그냥 재워 준다고요. 정말? 호의가 좋아서 그럴 수만 있다면 짐 싸들고 옮기고 싶을 정도였습니다.

그리고 이곳은 피로스마니의 갤러리가 있는 마을이었습니다. 마을 중심 광장에는 피로스마니 그림 중 그 유명한 '당나귀를 타고 왕진가는 의사'의 동상과 '왕진 나간 의사를 기다리는 가족'의 동상이 세워져 있습니다. 이 지역 케히티에서 태어난 철학자 솔로몬의 동상도 있고, 제2차 세계대전 때 강제로 러시아군에 편입된 조지아 전사들의 넋을 기리는 추모의 벽이 세워져 있습니다. 자세히 볼수록 사랑스러워지는 마을입니다.

작은 마을인데도 교회가 서너 곳 있습니다. 원래 '시그나기'란 피난처나 대피소라는 뜻인데 옛날에 전쟁이 나면 사람들이 이곳으로 모여들었다고 합니다. 지금이야 2,000명이지만 한때는 피난 온 사람들도 북적였을 터이고, 교회나 마을이 꽉 찼겠지요. 실제로 시그나기는 1762년 조지아의 왕 헤라클레스 2세가 이곳을 노리는 다게스탄 부족을 방어하기 위해 세운 요새마을로, 성곽은 능선을 따라 4.5킬로미터나 되고 23개의 망루와 7개의 성문이 외부로 통하게 되어 있습니다. 성곽을 따라 내려가면 마을로 연결됩니다. 성곽길을 따라 저녁나절 산책을 하다 보면 싸이프러스나무 사이로 떨어지는 일몰이 아주 근사합니다.

예전엔 전쟁을 피해서, 지금은 사랑을 찾아 달려오는 시그나기 마을. 제가 묵던 호텔이 바로 피로스마니 호텔. 제가 이야기 한 보따리를 풀고 가야 할 '피로스마니'라는 화가의 고향까지 와서 피로스마니에 대해 몰랐다니, 말이 됩니까? 또 그가 태어났다는 마르자니Marzani란 마을도 멀지 않으니 진작 알

앗다면 가 보았을 것을. 어쩌면 전날 보았던 장례식 풍경의 마을이 아니었을 까요? 그래서 다시 가야 할 시그나기입니다.

피로스마니 묘지명

내 피로 피어난
100만 송이 붉은 장미
이미 당신에게 주었으니
내 무덤 옆에는
단 한 송이의
붉은 장미도
놓지 마라

06_ 피로스마니의 '백만송이 붉은 장미'

　심수봉이 애잔하게 불렀던 노래 '백만송이 장미'를 아시나요? 그 노래가 원래는 피로스마니의 사랑을 배경으로 한 노래라는군요. 러시아의 알라 푸가쵸바가 부른 '백만송이 붉은 장미Millions of Red Roses'라는 노래인데 우리나라로 와서 심수봉이 번안한 '백만송이 장미'로 변했답니다. 그런데 러시아의 민요로 알려진 이 노래 또한 원래는 강대국에 휘둘리던 라트비아에서 어려운 고난을 겪은 마리냐를 주제로 하여 '마리냐가 준 소녀의 인생'이란 가요로 불렸던 것인데 '마리냐'에다가 라트비아 신화의 여신을 빗대어 가사를 만들었답니다. 다시 말하면 이 가요를 가져가 러시아 가수 푸가쵸바가 피로스마니의 애절한 사랑을 가사로 입혀 불렀고, 또다시 우리나라에서 심수봉이 부른 거죠. 그러니 가사는 나라마다 많이 다르다고 봐야겠죠.

　라트비아의 노래도 참 '구슬프다, 구슬프다'로 들려요. 그렇지만 우리나라의 번안곡이 우리의 정서와 맞아서인지 더 애절하게 들리구요. 심수봉이나 '복면가왕'에서 국카스텐의 하현우가 아주 애절하게 부르던 것이 더 원곡 같은 느낌이에요. 노래는 역시 멜로디보다 그 나라의 정서에 따라 입혀진 가사가 먼저 읽히나 봅니다.

　'백만송이 붉은 장미'는 피로스마니의 사랑이야기인데 러시아 시인 안드레이 보즈넨센스키Andrei Vozenesensky가 시로 적었던 것을 노래로 만들었대요. 내용인즉, 화가가 프랑스에서 공연 온 가수를 너무나 좋아한 나머지 그림 팔고 집 팔고, 그것도 모자라 자신의 피까지 뽑아 팔아서 그녀가 묵었던 호텔 창가 마당에 장미를 쏟아 놓고 사랑을 고백했다는 거지요. 그러나 어찌되었겠어요. 사랑만으로는 먹고 살 수 없는 법. 그 가수는 떠나버렸고, 이런 애절한 이야기가 시가 되었을 테고 노래가 되었겠지요.

동생 안이는 이번 여행에서도 이어폰 노래를 듣다 자주 눈물을 흘렸는데, 무슨 노래를 듣길래 저러나 싶어 이어폰 한 쪽을 슬며시 빼서 귀에 꽂았더니 바로 이 노래였어요. '백만송이 장미'. 어이없게도 우리는 시그나기에서 이 노래를 이어폰 하나씩 나누어 꽂고 들었건만 정작 피로스마니는 몰랐다니.

엄마가 돌아가시고 떠난 여행이라서 우린 어느 누구의 사랑 노래를 들어도 그것은 엄마의 이야기와 빗대어 듣게 되는 버릇이 생겼는데, "먼 옛날 어느 별에서 내가 세상에 나올 때, 사랑을 주고 오라는 작은 음성 하나 들었지"라는 가사의 시작은 먼 이국 땅에서도 정말 슬프게 들렸어요.

어쨌거나 화가 니코 피로스마니Niko Pirosmani(1862~1918)는 이 나라의 1라리 화폐에 초상화가 그려져 있을 만큼 유명한 국민화가였습니다. 제가 이번

여행에서 반한 세 사람의 화가 중 가장 반한 사람이지요. 그는 어렸을 적부터 미술적 재능이 있었으나 정규 미술 공부 대신 독학으로 그림 공부를 했다고 합니다. 제대로 그림 공부를 하고 싶어서 수도 트빌리시로 이주한 뒤 노동자의 삶을 살았답니다. 그림을 공부하기 위해 돈을 받고 간판을 그려 생계를 유지했다는 화가 피로스마니, 드디어 유럽 화단에서 인정받기 시작했대요. 그러나 정통파가 아닌 언더의 화가는 어느 자국 신문사의 혹평에 마음의 상처를 입고는 사람들을 멀리하며 살았답니다. 그리고 1918년 홀로 숨을 거두고 공동묘지에 묻혔다는데 그 묘지가 어디인지는 알 수가 없대요.

그는 죽은 뒤 그림을 인정받아 트빌리시 국립박물관, 이곳 시그나기 박물관, 바투미 미술관에 그림들이 소장되어 있다는데, 트빌리시에서도 바투미에서도 그의 그림을 볼 수 있는 기회를 날려 버리다니…. 그래서 꼭 다시 피로스마니를 따라가는 여행을 가야겠다고 벼르게 되었답니다.

푸가쵸프가 부른 '백만송이 붉은 장미'

한 화가가 살았네, 홀로살고 있었지
그는 꽃을 사랑하는 여배우를 사랑했다네
그래서 자신의 집을 팔고
자신의 그림과 피를 팔아
그 돈으로 바다도 덮을 만큼
장미꽃을 샀다네

백만송이 백만송이 백만송이 붉은 장미
창가에서 창가에서 창가에서 그대가 보겠지
사랑에 빠진 그 누군가가
그대를 위해 자신의 인생을 꽃으로 바꿔 놓았다오

그대가 아침에 깨어나면
정신이 이상해질지도 몰라
마치 꿈의 연장인 것처럼
광장이 꽃으로 넘쳐 날 테니까
정신을 차리면 궁금해 하겠지
어떤 부호가 여기다 꽃을 두었을까 하고
창밑에는 가난한 화가가 숨고
멈춘채 서있는데 말이야

만남은 너무도 짧았고
밤이 되자 기차가 그녀를 멀리 데려가 버렸지
하지만 그녀의 인생에는 넋을 빼앗길 듯한
장미의 노래가 함께 했다네
화가는 혼자서 불행한 삶을 살았지만
그의 삶에도 꽃으로 가득한 광장이 함께 했다네

심수봉의 노래 '백만송이 장미'

먼 옛날 어느 별에서 내가 세상에 나올 때
사랑을 주고 오라는 작은 음성 하나 들었지
사랑을 할 때만 피는 꽃 백만송이 피워오라는
진실한 사랑을 할 때만 피어나는 사랑의 장미
미워하는 미워하는 미워하는 마음없이
아낌없이 아낌없이 사랑을 주기만 할 때
수백만송이 백만송이 백만송이 꽃은 피고
그립고 아름다운 내 별 나라로 갈 수 있다네
진실한 사랑은 뭔가 괴로운 눈물 흘렸네
냉정한 사람 많았던 너무나 슬픈 세상이었기에
수많은 세월 흐른 뒤 자기의 생명까지 모두 다 준
빛처럼 홀연히 나타난 그런 사랑 나를 안았네
미워하는 미워하는 미워하는 마음없이

아낌없이 아낌없이 사랑을 주기만 할 때

수백만송이 백만송이 백만송이 꽃은 피고

그립고 아름다운 내 별 나라로 갈 수 있다네

이젠 모두가 떠날지라도 그러나 사랑은 계속될 거야

저 별에서 나를 찾아온 그토록 기다리던 이인데

그대와 나 함께라면 더욱 더 많은 꽃을 피우고

하나가 되어 우리는 영원한 저 별로 돌아가리라

미워하는 미워하는 미워하는 마음없이

아낌없이 아낌없이 사랑을 주기만 할 때

수백만송이 백만송이 백만송이 꽃은 피고

그립고 아름다운 내 별 나라로 갈 수 있다네

07 성 니노가 잠든 보드베 수도원에서

조지아에서 제일 흔한 이름이 니코와 니노입니다. 피로스마니의 이름도 니코로, 러시아식 발음으로 니콜라스입니다.

아르메니아, 로마, 조지아의 순서로 기독교를 받아들인 세 번째 나라가 조지아이며, 그 시작은 터키 카파도키아의 여인이었던 성녀 니노St. Nino라고 합니다. 니노는 성령을 받아 조지아로 선교활동을 왔는데 처음 니노가 이 나라에 와서 포도나무로 만든 십자가로 여러 기적을 행하였다고 합니다. 그중 하나가 갑자기 눈이 보이지 않게 된 미리안 왕의 눈을 뜨게 한 것이며, 그리하여 왕과 왕비가 개종을 하고 326년에 기독교를 국교로 받아들이게 되었다고 합니다. 조지아에는 니노라는 이름이 붙은 교회가 300개가 넘는데 그 니노가 여기서부터 시작했답니다. 그래서 이곳의 십자가는 반듯하지 않고 포도나무 가지를 닮아 약간 아래로 구부러져 있습니다.

더 귀중하게 생각하는 일화도 있습니다. 니노가 돌아가신 후 므츠헤타 Mtskheta에 있는 즈바리 교회로 모시려고 했으나 시신이 꿈쩍도 하지 않았답니다. 그래서 그냥 두었다가 9세기에 이곳에 수도원을 세웠다고 합니다.

지금의 수도원은 17세기에 다시 재건한 아주 고풍스런 수도원입니다. 안쪽 내부는 사진 촬영이 금지되어 사진을 찍지 못했습니다. 아니, 사진의 욕심이 있었지만 여기서만큼은 신성한 니노의 유골을 향해 사진기를 들이댈 수 없었답니다. 때때로 저도 사진보다 기도하고 싶은 순간이 있다는 걸 알게 한 보드베 수도원Bodbe Monastery입니다.

사람들이 교회에 안치된 그 무덤에 손이라도 한번 대 보려고 길게 줄을 서 있습니다. 저도 역시 줄을 서서 한참 기다려 니노의 무덤에 잠깐 손을 대고 정교회식으로 성호를 그었습니다. 대리석 석관에 사람들이 키스를 합니다. 어떤 사람은 하염없이 눈물을 흘립니다. 그만큼 이 나라에서 기독교는 이 나라가 있기까지, 또 지켜지기까지 절실한 종교입니다.

코카서스 여행은 수도원에서 시작해서 수도원으로 끝난다고 해도 과언이 아닐 만큼 수도원 순례입니다. 그러니까 조지아나 아르메니아를 이해하려면 기독교를 먼저 알고 이해해야 합니다. 아니 이론적인 역사를 알아야 한다는 것이 아니라 이들이 살아온 배경과 견뎌 온 원천의 힘을 믿고 시작해야 여행이 가능하다는 말이 맞습니다. 그 많은 핍박 속에서도 낭만을 지키고 따듯한 마음을 지닌 것은 다 하나님의 힘이란 걸 이해할 수 있게 됩니다.

제가 선생님께 이번 여행에 대해 차근차근 설명을 드리고 싶은 이 마음의 시작도 여기서부터 시작합니다. 아슬아슬하게 지어진 산꼭대기 수도원, 하늘 가까이에서의 위험한 기도, 모두 하나님을 경배하고 성물을 지키려고 애쓴 흔적들이라고 하니 얼마나 하나님이 간절했으면 이랬을까 싶어 가끔 울컥거렸습니다.

보드베 수도원, 이곳에 들어가려면 여자나 남자나 아래쪽에 치마 같은 것을 걸치는 것이 예의랍니다. 바지를 입으면 입장을 불허합니다. 교회 앞에 걸칠 수 있는 앞치마들이 놓여 있으니 걸치기만 하면 됩니다. 교회 밖 포도밭 가의 싸이프러스가 참 웅장한 보드베 수도원입니다. 포도밭에서 포도를 수확하던 젊은 니노가 풍경처럼 그려집니다.

*08*_ 알라베르디 수도원

들판에 세워진 알라베르디 대수도원Alaverdi Monastery에 들렀습니다. 2013년에 세계문화유산에 등재되었다고 합니다. 4세기경에 처음 세워졌으나 페르시아와의 전쟁으로 무너지고 다시 세우기를 반복, 지금의 형태는 11세기경에 지어졌으며 이름도 그때 알라베르디 수도원으로 정해졌다고 합니다.

이곳은 조지아의 8,000년 와인의 역사 속에서 1,000년이 넘은 와이너리를 가지고 있다고 합니다. 그러다 보니 여기서 기거하시는 수사들의 옷차림은 일복처럼 허름함을 볼 수 있습니다. 아니, 유럽 쪽 수도원을 비롯해 대부분의 수도원은 신도들이 봉헌한 예물로 살아가는 것이 아니라 수도원에서 직접 농산물을 생산하고 판매하여 수도원을 운영합니다. 그래서 꿀이나 포도주를 들고 직접 관광객에게 판매하러 나오시기도 합니다. 생산한 와인 중에 레드 와인은 예수님의 피를 대신하는 성찬으로 쓰이고, 화이트 와인은 왕의 대관식이나 장례식 등에 쓰인다고 합니다.

이곳 역시 내부 촬영은 불가입니다. 그러나 안에서 만난 수도사에게 청하니 슬쩍 자리를 피해 줍니다. 그래서 용케 웅장한 내부를 딱 한 컷 찍을 수 있었습니다. 저는 검지를 올리면서 딱 한 컷이라는 포즈를 취했거든요.

수도원 건너편 숍에서 조지아 와인치고는 꽤 고급스런 와인을 50,000원 정도면 살 수 있습니다. 탐이 났지만 대신 꿀을 넣어 만든 '마쪼니'라는 유산 아이스크림을 먹었습니다. 아주 죽이는 맛으로 강추하고 싶습니다. 저 혼자 맛보아서 죄송합니다.

09_ 시를 닮은 조지아 음식

텔라비 시내에 있는 로컬시장을 구경한 후 현지 가정에서 맛보는 현지 음식을 먹기로 했습니다. 주소를 들고 한적한 주택가로 차를 몰아 예약했던 집을 찾아갔습니다. 먼 풍경이 근사한 2층 베란다에 다섯 사람의 음식이 차려져 있었습니다. 여행자가 동생과 저, 그리고 P와 길잡이 B씨, 기사분이 함께 움직였습니다. 인원이 많지 않아 특별한 경우가 아니면 기사분과 식사를 함께했습니다. 상차림이 모듬으로 차려져 있고 조금씩 덜어 먹도록 되어 있었습니다. 아침과 점심 저녁이 다른 우리나라와는 달리 세 끼니가 거의 비슷합니다. 한두 가지가 더 들어가거나 빠지거나 하는 정도라고 할까?

그리고 우리나라에선 가정식 음식과 영업점 음식이 구분되는데 여기서는 집안마다의 소스나 모양이 조금 다를 뿐, 식당식이나 가정식이나 거의 비슷합니다. 그다지 우리 입맛에 맞지 않는 것은 없었던 것 같습니다.

끼니마다 화덕에 구운 '푸리'라는 빵을 음식들과 함께 먹습니다. 단순한 밀빵인데 먹어도 먹어도 안 질리는 빵이 '푸리'인 것 같습니다. 더 대단한 건, 길거리 걸어 다니다가 급하면 1,000원 안쪽인 이 빵으로 요기가 가능하다는 것입니다.

피자처럼 생긴 안에다 치즈를 넣은 '까차뿌리'라는 빵도 맛있습니다. 피자와 비슷한데, 피자는 치즈를 위에다 뿌린다면 이것은 속에다 넣어 구워내고 썰어 나옵니다. 아짜룰리 까차뿌리라는 빵은 조지아 시내에 많은 전문점이 있을 만큼 유명한데 배 모양 위에 치즈를 넣어 구운 후에 계란 노른자를 얹어 줍니다. 그러면 치즈와 계란을 섞고 빵을 뜯어 거기에 찍어 먹습니다.

조지아의 대표적인 음식으로는 '낀칼리'라는 만두와 비슷한 음식이 있습니다. 우리에게 익숙한 음식이라 입맛이 없을 때 일부러 먹으러 갔었습니다. 그러나 안에 고기국물이 많아서 먹는 데도 요령이 필요합니다. 잘못하다간 앞자락에 주루룩 고기국물이 흐른답니다.

무츠바디나 시크메룰리라는 고기 요리도 있습니다. 무츠바디는 고기, 돼지고기, 닭고기, 양고기 등을 작은 덩어리로 잘라 소금, 후추, 와인 등에 재워 꼬챙이에 꽂아 굽는 대표적인 바비큐 요리인데 원래는 포도나무에 꿰어 포도나무 장작에 구워 내는 요리이고, 스크로메룰리라는 건 튀긴 닭에다 갖은 양념을 하여 고기를 토기그릇에 담아 우유를 넣고 끓인 음식인데 조금 느끼한 편입니다.

간식으로는 추르츠 헬라라는 과자가 있습니다. 호두를 실에 끼운 후 조청처럼 달인 포도청에 무쳐 내는 과자로 조지아의 대표 간식거리입니다.

그래도 가끔씩 폴폴 날리는 모듬밥에 튜브 고추장을 얹어 비벼 먹으면 기운도 나고 그것이 별미가 되곤 했습니다. 조지아 음식은 중국 음식처럼 향신료가 강해서 호불호가 갈리는 음식이라기보다 누구나 좋아할 만한 음식이라고 보면 좋겠습니다. 차림 또한 화려하고 풍성합니다.

"삶이 그대를 속일지라도 슬퍼하거나 노하지 말라"라고 시를 지었던 푸시킨은 조지아 음식을 마치 시와 같다고 하며 그 맛을 칭찬했다는데, 저는 반복하여 음식 만드는 것을 노동이라고 생각했었기 때문에 삶이 늘 절 속인다고 생각했던 적이 많습니다. 아마도 이 나라 사람들은 음식을 만들 때 즐거운 마음으로 음식을 만들기 때문에 음식 만드는 일을 슬퍼하거나 노할 틈이 없었던 것 같습니다. 노동이라 생각하고 만드는 음식, 즐거운 마음으로 만

드는 음식, 어떤 차이가 있을까요? 그러나 제 생각에는 먹어 주는 사람이 얼마나 맛있게 먹어 주느냐가 더 관건이겠습니다. 제가 만든 음식도 마치 시와 같다고 칭송해 준다면 저도 노래를 부르며 음식을 만들 것 같습니다. 반찬 투정을 많이 하는 편인 남편을 잠시 생각하며, 하하.

그나저나 이 나라는 무엇 때문에 음식이 발달했을까요? 재료가 풍부해서? 와인 안주가 필요해서? 사람들이 음식 만드는 것을 즐겨서? 글쎄요, 아무튼 이런 전설이 있다고 합니다. 또 신의 이야기인데, 하늘나라 신들이 어느 날 파티를 하려고 음식을 가져가다가 엎었답니다. 그런데 마침 쏟아진 자리가 조지아였다나요? 믿거나 말거나 한, 그러나 믿고 싶은 그럴싸한 즐거운 이야기랍니다. 우리나라엔 기껏 삼신할머니의 이야기가 대부분인데, 자주 신이 등장하니 신의 가호가 있는 나라입니다.

10 사메바 대성당

    일반적으로 조지아를 말할 때, 알프스 못지않은 코카서스, 이태리 못지않은 음식, 세계 최고의 와인을 듭니다. 그리고 여기에 하나 더, 국교인 조지아 정교가 있습니다. 시내 곳곳에 교회가 있습니다. 그래도 한 집 걸러 있는 우리나라 교회보다는 못한 것 같습니다만, 규모와 역사에서 묵직함과 믿음의 크기가 느껴지는 듯합니다. 이 나라 사람들은 이슬람교 국가들 사이에서 박해 받으면서도 기독교를 지켜 왔기 때문에 자부심이 대단합니다. 그런데 묘한 것이, 조지아 정교는 교회라고 부르기고 하고 수도원이라고 부르기도 하는데 내부는 성당과 같습니다. 그래서 성당이라 불러도 어색하지 않은데 이곳 또한 '사메바 대성당Sameba Cathedral'이라고 부릅니다. '사메바'란 성삼위 일체라는 의미랍니다. 올드시티에서 보면 강 건너 므츠바리강(쿠라강이라고도 부름) 건너 엘리야 언덕 주택가에 위치해 있는 성당입니다.

    이때쯤 되면 일정을 기억하기 힘들어집니다. 구체적으로 며칠 차라고 챙기기보다 대충 날짜를 생각하고 다니게 됩니다. 그런 어느 날 아침, 첫 일정을 사메바 대성당으로 시작했습니다. 이 성당은 지어진 지 그리 오래되지 않았습니다. 1989년, 조지아 정교 독립 1,500주년 기념과 조지아 독립공화국 설립을 기념하기 위해 지었다고 합니다. 조지아 정교회의 총대주교와 트빌리시 시당국이 홀리트리니티 프로젝트 계획에 의해 설계를 공모하여 지은 성당으로 2004년인가 문을 열었습니다. 러시아 재정의 혼란기에 잠시 멈추었다가 국민들이 십시일반 헌금을 내어 지었기 때문에 의미와 애정이 많은 성당이랍니다. 아직 내부에는 곳곳에 공사 중인 곳이 있습니다.

이슬람 사원과 달리 성당은 언제나 누구에게나 열려 있어 어색하지 않습니다. 언제나 사제와 신도가 같이 서서 함께 기도하고 묵상하고 예배할 수 있습니다. 우리와 같은 관광객이 슬며시 옆에 같이 서서 예배를 한다 해도 오케이. 열심히 기도하는 사람을 따라 저도 한 바퀴 돌았습니다. 방해가 되지 않게 사진만 조심한다면 누구에게나 열려 있는 성당다운 성당이라는 생각이 듭니다.

아빠가 아이를 데리고 와 아빠와 번갈아 성물 앞에 엎드려 입 맞추게 합니다. 생활 속에 자연스럽게 배인 기도가 조지아 성당답습니다. 내부 벽엔 성인들의 그림이 많이 걸려 있었는데 그림 속의 성인과 아주 닮은 사제를 만났습니다. 사진 한 장 찍기를 청하니 오케이, 포즈를 취해 줍니다. 아니 가던 길 잠시 멈춰 줍니다.

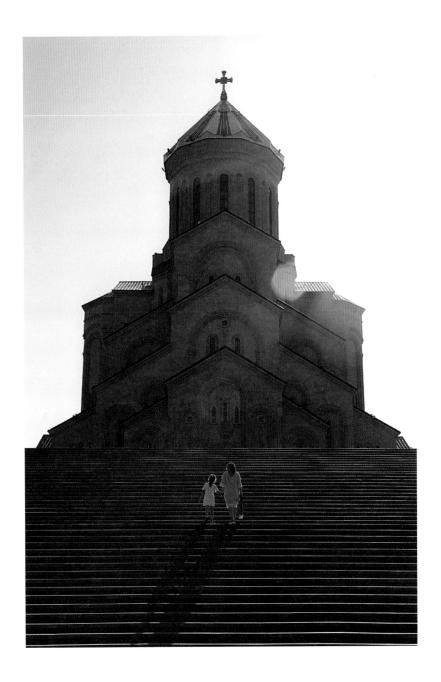

*11*_ 수도원 순례

이 날은 종일 자유롭게 시내투어를 하기로 하고 죽어라고 걸었던 기억이 납니다. 아예 차를 돌려보냈습니다. 우선 시계탑부터 보러 가기로 했습니다. 가부리아제 극장 앞의 시계탑인데 어째 삐뚜름한 것이 불안합니다. 그래도 앞에 걸린 시계가 용케 시간만 되면 뻐꾹 하면서 튀어나와 지나가는 사람들을 아주 즐겁게 합니다.

시계탑 옆에는 6세기에 지어졌다는 트빌리시에서 가장 오래된 안치스카티 성당Anchiskhati Church이 있었습니다. 6세기면 1,500년 전인가요? 우리나라 백제시대? 정말 역사만큼이나 입구의 문턱 돌이 닳아서 반이 패여 있었습니다. 우리에겐 백제시대 건물이 하나도 남아 있지 않음에 아쉬움 백배를 안고 이들의 유산을 마주합니다. 패인 곳에 발을 올려놓고 내 발자국을 내려다보았습니다. 내 발도 패이는 것에 힘을 보탰구나 싶어졌습니다. 내 발자국도 역사가 됩니다. 물방울이 바위를 패이게 한다는 말이 생각났었습니다. 낡았다는 것, 그래도 아직도 쓰인다는 것, 그리고 누군가 영원히 기억한다는 것, 이 모두가 여기서는 새로운 시작이라는 것이 신기합니다.

'나라칼라 요새를 목표로 무작정 시내 걷기', '걷다가 볼거리가 나오면 마음 놓고 기웃거리기', 그런 마음으로 걷다가 시내 중간에 있는 시오니Sioni 성당엘 들렀습니다. 6세기에 지은 곳인데 13세기에 다시 재건했다고 합니다. 그래도 6세기에 지은 안치스카티 성당을 먼저 보고 와서인지 다시 지은 이 성당은 새 것처럼 보였습니다. 이곳은 성 니노의 포도나무 십자가를 안치한 곳입니다. 그래서 트빌리시 사람들이 가장 신성시하는 교회랍니다.

시내로 들어가 케이블카를 타고 나라칼라 요새 위의 성 니콜라스 교회를 보고 내려와, 이번에는 메테키 교회Metekhi Church에 들렀습니다. 무려 37번 이나 다시 지어졌다고 합니다. 37번 침략을 받았다는 얘기가 되겠지요. 그러다 보니 이 교회는 조지아 정교 수난의 상징이 되었습니다. 구소련 시절에는 감옥이나 막사로 사용되기도 했고 한때는 극장으로 사용되기도 했다는데 스탈린이 이곳에 투옥되었었답니다. 1980년에 이르러서야 교회의 기능을 회복할 수 있었던 아픈 역사의 현장이 여기에 있네요.

어느 수사 분이 입구 기둥에 대고 하염없이 입을 맞춥니다. 의례적이지 않고 간절해 보입니다. 어찌 보면 조지아는 단순한 수도원 투어가 아니라 다크 투어리즘이라고 해야 맞을 것 같습니다. 교회 아래에는 트빌리시를 세운 바흐탕 고르가살리 왕의 기마상이 있습니다. 관광객들이 이곳에 오면 모두 기

마상을 배경으로 사진을 찍는 포토 포인트입니다. 그런 측면이라면 왕중왕, 가장 인기 있는 왕이 아니겠습니까? 세상에 가장 많이 팔려나간 왕이 되겠습니다. 그렇듯 이 나라를 세운 왕들은 관광의 한몫을 크게 담당합니다.

12_ 언덕 위의 즈바리 수도원

다음 날은 시내를 벗어나 므츠헤타Mtskheta에 있는 '십자가 교회', 즈바리 수도원Jvari Monastery을 가기로 했습니다. '즈바리'는 십자가라는 뜻입니다. 이 나라에 기독교를 전해 준 성 니노가 4세기경에 이방인의 신전 터에 포도나무 십자가를 꽂고 기적을 행하였다는 곳입니다. 실제로 포도나무로 만든 십자가가 내부에 세워져 있습니다. 그래서인지 내부엔 십자가가 참 많습니다. 이곳도 6세기에 지어졌다고 합니다. 성 니노가 돌아가시자 시신을 옮겨 모시려 했던 그 수도원입니다.

므츠바리강과 아라그비강이 합류하는 지점이 내려다보이는 산 정상의 즈바리 수도원. 강 건너편에 스베티츠호밸리 수도원이 보입니다. 이렇게 산 위에? 누구를 위해? 신도들을 위한 성전이 아니라 수도자들이 기거하는 곳인 것 같습니다.

이 나라는 수도원마다 이런 높은 곳에 지은 유래가 다르답니다. 모두 의미가 다르니 그러한 것들을 알아가는 것도 수도원을 돌아보는 재미 요소이지만, 일단은 풍경이 먼저 눈에 들어옵니다. 강바람도 아주 시원합니다. 문 입구 위에 작은 조각이 하나 있는데 예수님이 이 성전을 지은 건축가에게 참 잘했다고 머리를 쓰다듬는 조각이랍니다. 건축가는 자신들만 아는 암호를 하나씩 새기고 자신에게 토닥였겠지요.

"참 수고했어!" 저도 칭찬을 듣고 싶어졌습니다.

*13_* 스베티츠호벨리 교회의 여인

  아랫마을로 갑니다. 옛 수도였던 마을로 조용합니다. 즈바리 수도원에서
보이던 스베티츠호벨리Svetitskhoveli 교회. 이곳에는 예수님의 성의에 대한
몇 가지 설이 있습니다. 그중 하나. 그 옛날 어떤 동생이 아픈 언니를 위해 예
수님이 십자가에 매달릴 때 입었던 옷자락을 구해다 주었는데 만지자마자
죽었답니다. 그리고 아무리 떼어내도 옷자락을 놓지 않던 언니를 예수님의
옷자락과 함께 묻었답니다. 그곳이 어디인지 모르나 묻혀 있던 그 자리에 삼
나무가 자라나서 그 삼나무를 베어 이곳 교회 기둥으로 썼다는데, 그 기둥
자리가 내부 어디쯤인지 찾아보라고 길잡이는 미션을 던집니다. 이 교회에
서 던져 준 세 개의 미션 가운데 하나였습니다. '스베티츠호'라는 뜻이 '생명
을 주는 기둥'이라는데 그 기둥을 말하는 것인가 봅니다.

  믿거나 말거나 그런 이야기로 또 이 교회가 궁금해졌답니다. 찾았냐구요?
기둥이 너무 많았답니다. 그러나 재미있는 이야기 전체가 문화유산감입니
다. 유명한 수도원엔 스토리텔링이 몇 개 씩 있어 전혀 지루하지 않습니다.

  이곳은 왕의 즉위식 장소로 쓰였을 만큼 규모가 큽니다. 지금은 결혼식을
많이 한다고 합니다. 그 옛날 수도였던 곳이니 왕들의 공간이 아니었을까도
생각됩니다. 여기서 즉위한 왕들의 무덤이 내부에 10기쯤 있는 것으로 보아
무덤 역할까지 했던 것 같습니다. 그래서인지 유난히 성화들이 많고 내부가
화려합니다. 대형 벽화가 오랜 역사를 말해 줍니다. 벽화는 교회의 역사입니
다. 2~4 세기까지 수도였던 므츠헤타, 스베티츠호벨리 교회의 규모로 볼 때

그 시절, 기독교를 국교로 만들었던 왕들의 힘이 느껴집니다.

어느 여인이 성모마리아 그림 앞에 남편인지 아들인지 모를 사진 한 장 내려놓고 하염없이 웁니다. 아마 삼나무가 있던 그 기둥 아래가 아닐까 생각해 보았습니다. 여인은 찾아와 기도하며 울고, 사제는 앞에서 예배를 집전하고, 관광객은 그 사이를 다니며 구경합니다. 저는 그 여인의 모습에 한없이 마음이 아팠습니다. 그러나 어느 누구도 서로의 기도나 구경에 대해서는 무심합니다. 그렇게 모두 제 각각의 믿음 앞에 충실할 뿐. 울 사람 울고 예배 드릴 사람 예배 드리고 각자 자기 믿음대로 행하는 것이겠지요.

이 교회에 전해져 내려오는 또 하나의 이야기는 이 교회를 지었다고 하는 건축가 아르수키제에 관한 것입니다. 교회를 지을 때 이 건축가에겐 쇼레나라는 사랑하는 여인이 있었다네요. 그런데 이 여인을 사랑하는 사람이 또 있었으니, 바로 게오르기 왕이었다고 합니다. 교회는 지어야 했고, "교회를 다

지으면" 하고 왕이 어떤 거래를 제시했겠지요. 그러나 결국 다 지은 후 아르수키제는 손이 잘리고 죽임을 당했다고 합니다. 이를 예견했는지 그는 교회를 지을 때 연장을 든 자신의 초상과 함께 불사조를 새겨 교회 바깥쪽 문 위에 작게 몰래 조각해 놓았다고 합니다. 물론 이 또한 믿거나 말거나이지만, 교회를 들어가기 전 찾아보라고 함께 미션을 던졌기에 고개를 들고 세 바퀴쯤 돌았으나 결국은 못 찾았습니다. 그러나 찾는 이 과정이 참 재미있었습니다. 덕분에 수도원을 세 바퀴나 돌았으니, 이러한 이야기가 없으면 너무 많은 이 나라의 수도원은 재미가 없어지지요. 아는 만큼 보인다는 여행은 이런 것을 두고 하는 말인가 봅니다.

교회 내부 왼편 안쪽으로 침침한 석조교회가 또 있습니다. 이곳에서 나도 벽에 기대어 남의 예배에 경청합니다. 물론 알아들을 수는 없었지만, 경건함이 좋았습니다. 오른쪽에 있는 석조교회엔 전쟁이 났을 때 강으로 내려가는 비밀 통로가 있다고 합니다. 그러나 그 미션조차 찾지 못했습니다. 결국은 수도원 곳곳에 비밀을 푸는 열쇠를 두었건만, 스스로는 풀지 못하는 수수께끼가 많은 교회였습니다.

여인의 무덤에서는 신비한 삼나무가 자라났으며, 성 니노에 의해 미리안 3세 왕이 기독교로 개종했을 때 왕은 나무를 베어 일곱 개의 기둥을 만들어 이 자리에 새로 짓게 될 교회의 토대로 삼으라고 명했다고 합니다. 일곱 번째 기둥은 기적적이게도 공중으로 솟구쳐 올라 성 니노가 하룻밤 내내 돌아와 달라고 기도했을 때에야 땅으로 내려왔는데, 이후 그 기둥에서는 어떠한 질병도 치료할 수 있는 신비한 액체가 솟아나왔다고 하네요. '스베티츠호'는 '생명을 주는 기둥'이랍니다.

14 카즈베기 가는 길

알프스에 견주는 풍광으로 5,047m의 카즈베기Kazbegi(Kazbek)산이 가까이 있습니다. 솔직히 3,800m의 알프스에 견주기는 조금 아깝습니다. 아주 오랫동안 고립되어 살아왔을 오래된 산간마을 카즈베기로 갑니다. 사실 저는 도시인 트빌리시보다 카즈베기와 우쉬글리 마을을 가장 기대했습니다. 기대를 갖게 할 만큼 하염없이 넘었습니다. 산을 넘기 전, 진발리Zhinvali 호숫가에 있는 아라그비 성채에 들렀습니다. 실크로드 길목에 있는 아라그비 백작의 성채랍니다. 백작은 이곳을 지나는 대상들을 상대로 큰돈을 벌었다네요. 또한 딸을 카헤티 왕과 결혼시키고 그 권세로 더 큰 부자가 되어 살았다는 호숫가의 탐나는 성채입니다. 딸 덕분에 왕보다 더 권세를 누려서인지 성채 안에는 교회도 두고 망루도 있어 작은 왕국과 같았습니다.

밖을 나오니 자연산 꿀을 파는 아주머니가 있었습니다. 여기서부터는 산악지대로 들어가니 꿀을 살 수 있는 곳이 여러 군데 나옵니다. 우선 여행 중에 피로 회복제로 먹을 수 있는 작은 병의 꿀을 두 병 샀습니다. 커피에 이 꿀을 조금 넣어 마시면 화한 꽃향기로 커피 맛이 죽입니다.

가는 도중 산 중턱에 무언가 있었는데 멀리서 보아도 근사했기에 소리를 지르고 차를 세웠습니다. 1983년 조지아와 러시아가 군사도로 착공기념으로 세운 우정의 벽화탑이라고 합니다. 러시아와 조지아의 역사를 타일 벽의 그림으로 구운 아주 화려한 벽화라는데 가까이 가니 시멘트로 세운 것이 조금 아쉬웠습니다만, 그래도 근사했습니다. 기념사진도 찍고 수도사가 직접 채취해 들고 나왔다는 자연산 꿀도 참견하고 다시 출발했습니다.

카즈베기 산간마을로 올라가다가 이번에는 기사분이 차를 세웠습니다. 여기서 보는 카즈베기가 근사하니 인증샷을 찍으라고 합니다. 우쉬글리 갈 때에도 적당한 곳에서 차를 세워 주었더랬습니다. 고맙고 멋진 조지아 양반. 공직에서 퇴직하고 여행하면서 살고 싶어서 좋은 차 하나 사서 지입으로 여행사와 계약을 맺었답니다. 어찌나 차를 아끼던지 우리도 긴장할 정도였답니다. 그래도 쾌적하게 여행을 할 수 있도록 도와준 멋진 가이드입니다.

우리는 계속 군사도로를 따라갔습니다. 이 도로를 계속 가면 터키에 닿는다고 합니다. 국경이 얼마 안 남았는지 거의 다 갔을 때는 수백 대의 트럭 행렬이 길가에 세워져 있었습니다. 장관입니다. 국경부터 밀린 것인지 또 하나의 산맥을 넘기 위해 행렬로 기다리는 것인지 모르지만 이 또한 이 나라에서만 볼 수 있는 풍경인 듯했습니다. 이 길이 열리는 때는 주로 여름철. 눈이 내

리기 시작하는 겨울철에 들어서면 빙하기처럼 그들은 또 한 계절 산속에 갇혀 삽니다. 아니 한 계절 열린다고 해야 더 맞을 듯합니다.

카즈베기산이 바라다보이는 산장에 숙소를 잡았습니다. 다음날 아침 올라갈 예정입니다. 올라가는 방법이 세 가지인데, 트래킹으로 1~2시간 정도 걸어갈 수도 있고 말을 타고 올라갈 수도 있습니다. 차를 이용하는 방법은 산간마을까지 차를 타고 가다가 일정 구간 걸어 올라가서 다시 다른 차로 갈아탑니다. 험한 산악차가 앞쪽 범퍼를 다 떼어내고 옆으로 고꾸라질 듯 무적처럼 달립니다. 역시 남자들은 곡예를 즐기는 것 같습니다.

아래쪽 건너편 카즈베기 마을도 산책하기 참 좋습니다. 아침에 한 바퀴 돌았습니다. 내려오다가 마을의 수도원에 사는 수도사와 '어디서 왔는지', '어디로 가는지' 같은 간단한 대화를 나누었는데, 어르신인데도 눈이 산처럼 맑았습니다.

15_ 절벽수도원 게르게티트리니티

    무슨 사연이 있기에, 누가 여기까지 온다고 이 꼭대기에 아슬아슬하게 수
도원을 지었을까요? 인간에게 불을 준 죄로 독수리에게 간을 쪼아 먹혔다는
프로메테우스의 간절한 기도가 여기 있었을까요? 길도 열리지 않았을 시절
에 이 산꼭대기에 수도원을 짓게 하다니, 인간들에 대한 형벌이구나 싶어집

니다. 무슨 수로 여기까지 건축자재를 날랐을지 인간적인 머리로는 도저히 납득이 가질 않습니다.

성삼위일체수도원으로 게르게티사메바, 츠민다사메바 등 다양한 이름으로 불리는 이 게르게티트리니티 수도원Gergeti Trinity Monastery은 14세기에 세워졌다고 합니다. 비잔틴 양식이 가장 많이 남아 있으며 원뿔 모양의 돔을 가지고 있습니다. 대천사 미카엘과 가브리엘, 예수와 성모 마리아가 황금빛 바탕에 그려진 천장의 모자이크는 12세기에 제작되었다고 합니다.

절벽에 걸터앉아 건너편 운무를 보았습니다. 동생 안이는 또 귀에 레시버를 꽂고 하염없이 앉아 있습니다. 깊은 생각에 빠져 있는 듯 보입니다. 대부분의 사람들도 절벽에 앉아 명상을 합니다. 사람들은 왜 툭하면 모두 모서리에 앉는지, 왜 아슬하게 살아가는 표를 내는지. 살다 보면 신에게 모든 것을 들키고 싶어질 때도 있는 것이겠지요?

앉으니 김윤선 시인의 '절벽수도원'이란 시가 생각났습니다. 수도원은 그녀의 요가 동작만큼이나 위태롭습니다. 인간이 가장 절실할 때 가장 안정적인 자세로 기도합니다. 양세히 화가의 '그곳에 가면'이란 그림도 절벽이었다는 생각이 났습니다. 시도 그림도 신앙도 모두 절벽처럼 아슬하게 걸터앉아 삽니다.

게르게티트리니티 수도원

야곱*은
돌베개 베고 누웠다, 깨어나서
돌을 세워 기둥삼아 하늘로 가는
수도원을 지었을 것입니다.
그리 했을 것입니다.
그리했다고 해야 말이 됩니다
그렇지 않고서야

하늘에 가장 가까운 곳
기둥으로 지어진 성전
게르게티 수도원
아무리 소리 내어
통성으로 기도한다 한들
고요합니다.
천지는 묵상합니다.

이곳으로 와서
야곱의 돌베개 위에
내 기도를 슬쩍 얹는다면
기도는 운 좋게 하늘로 가는
지름길을 만날 것입니다.

더 이상 한 발자국도

내디딜 수 없는 절벽의 땅

이곳에 와서야 숨겨둔 길을 만납니다.

*야곱 – 창세기에 광야에서 돌베개를 베고 누웠다가 꿈에 하늘로 오르는 사다리를 만나고 하나님
을 영접했다고 합니다. 그리고 그 땅에 하나님의 자리임을 깨닫고 성전을 지었다고 합니다.

*16*__ 스탈린의 고향, 고리

제 머리 속에는 스탈린을 기억하면 '나쁜 사람'이라는 낙인이 확고하게 박혀 있습니다. 아마도 제가 이전에 학교에서 배웠던 스탈린은 '소련의 독재자', '공산당 서기장', '변증법적 유물론을 쓴 사람' 등 무자비하게 휘두른 막강한 권력의 소유자이자 나름의 이론을 펼칠 만큼 공부도 한 사람 정도였지만, 어쨌거나 나쁜 사람이라는 틀을 벗어나지는 못했습니다. 그런데 이번 여행에서는 스탈린에 대해 다르게 생각해 보았습니다.

고리Gori에 도착하자 박물관 건너편에 있는 어마어마한 크기의 스탈린 초상화를 보았습니다. 저는 그것이 박물관인 줄 알았습니다. 알고 보니 슈퍼 건물에 대형 초상화로 벽면을 처리한 것이었습니다. 그리고 얼결에 '아, 이 도시는 스탈린 때문에 먹고 사는구나' 생각했습니다. 스탈린이 태어난 도시 고리, 이곳에서 스탈린이라는 인물이 지역의 콘텐츠로서 어떻게 활용되는지 궁금해졌습니다.

그런데 조지아 정부는 얼마 전에 이미 스탈린 박물관을 희생자 추모공원으로 바꾸고자 발표를 했다고 합니다. 그간 이곳은 관광지로서의 스탈린 박물관이라기보다 향수에 젖은 공산주의자들이 찾아와 옛 영화를 회상하는 추모의 공간으로 사용됐던 모양입니다. 이런 사람들이 예쁘게 보일 리가 있겠습니까? 이 나라 문화부장관이 어느 발표장에서 "스탈린 박물관은 소련 전체주의의 초현실적인 유물"이라며 "이런 박물관이 소련 제국의 잔재와 싸우고 있는 조지아에 존재한다는 것은 말도 안 된다"라고 연설했을 정도랍니다. 그럴 만합니다. 나라 이름도 그루지야보다 조지아라고 불러 주길 원하듯 러시아의 그림자를 지우고 싶어 하는데 스탈린 생가라는 이유로 모든 것을 허용하는 것은 용납이 안 되었을 법합니다. 고리시 광장에 있던 스탈린의 거대한 동상은 2010년 소련 흔적 지우기의 일환으로 조지아 정부에 의해 제거되었다고 합니다.

그러나 소련 시절 세워진 스탈린 박물관에는 그의 유품 4만 7,000여 점이 소장되어 있습니다. 이것을 관광자원으로 활용하면 오히려 낫지 않을까 하

는 생각에 아쉬웠습니다. 요즘은 다크투어리즘도 좋은 자원입니다. 어차피 역사는 지운다고 지워지는 것도 아니고 아픈 자리 기억하면서 새롭게 태어 나는 것이 더 중요하지 않을까 합니다.

그리고 그를 인간적인 면으로 한번 바라보았습니다. 그가 4년간 살았다던 생가를 보니 그의 어머니 예카체리나의 간절했을 기도를 생각하게 됐습니 다. 구두 수선공 남편, 자식에게 난폭한 아버지. 재봉질을 하며 가사 일을 도 왔던 어머니는 그가 신학교를 나와 사제가 되길 간절히 원했다고 합니다. 그 러나 어찌어찌 중퇴를 당하고 파란만장한 인생을 거쳐 세기의 독재자, 종교 의 탄압자가 되기까지, 잘생긴 아들은 그 어미에게 얼마나 아픈 손가락이었 을까요.

빨간 카펫이 깔린, 2층으로 올라가는 중간에 그의 동상이 당당하게 서 있 습니다. 그러나 그것을 자랑스럽게 바라보는 이 어느 누구도 없습니다. 단지 화려했던 그의 일생이 자료로 남아 있습니다. 그냥 자료일 뿐입니다.

아래층 계단 아래는 그가 활동했을 당시 쓰였던 책상과 옷가지가 그대로

전시되어 있었습니다. 피를 상징하는 붉은 색을 좋아했나 봅니다. 붉은 천이 섬뜩하였습니다. 밖으로 나오니 박물관 가이드가 스틸린이 생전에 탔었다는 기차를 열어 줍니다. 고소공포증이 심했던 스탈린은 기차를 많이 탔다고 합니다. 한 량이 모두 그의 집무실로 쓰였는데 소박한 집무실과 함께 목욕실, 화장실 등. '그 자리가 뭐라고', 평생 가슴 쓸어 담고 살았을 어미가 가여워졌습니다.

17_ 우플리츠케 동굴도시

고리에서 10킬로쯤 떨어진 동굴도시 우플리츠케Uplistsikhe를 들러 쿠타이시Kutaisi로 가기로 했습니다. 우플리츠케는 2007년에 세계문화유산으로 등재되었습니다. 1,000년이 넘는 산악 동굴도시입니다. 이곳은 당시 생활에 필요했던 모든 시설, 즉 포도주를 담갔던 와이너리, 공연장, 또 감옥까지 그 흔적이 남아 있는 도시로 볼거리는 많습니다. 돌로 파낸 공연장은 공명이 좋아 소리를 내면 음향 시설이 필요 없을 만큼 소리가 웅장합니다.

그러나 이제 슬슬 아무리 어마어마해도 그저 그렇다는 생각이 들 만큼 문화유산의 나라이다 보니, 이런 정도는 그리 대단해 보이질 않습니다.

너무 더워서 올라가야 하나 말아야 하나, 그러나 여기까지 왔으니 언제 또 오겠나 싶어서 뒤늦게 올라가기 시작한 동굴도시. 그러나 올라가서 안 봤으면 큰일 날 뻔했다는 생각이 들 만큼 풍광이 근사했습니다. 올라갔다가 강으로 통하는 비밀 통로계단을 따라 내려왔습니다.

쿠타이시에서는 하루를 묵었는데 그날 밤은 어마어마한 천둥 번개를 보았습니다. 처음 보는 여러 갈래의 번개가 이국임을 증명하였습니다. 두세 시간을 발코니에 앉아 번개를 구경했습니다. 여기서는 번개도 문화유산감입니다.

*18_* 겔라티 수도원

쿠타이시에 멀지 않은 산속의 겔라티 수도원Gelati Monastery, 한적한 산 중턱에 자리한 이곳은 수도원이었을 뿐만 아니라 그 안에 설립된 아카데미는 고대 조지아의 가장 중요한 문화 중심지 역할을 했었다고 합니다. 우선은 한적해서 좋았습니다. 겉은 보수하느라 다소 어수선해 보였는데 내부는 벽화와 모자이크 천장화가 제 눈을 사로잡았습니다. 황금색 배경에 두 명의 천사 그리고 성모와 아기 예수, 모두 영광입니다.

애초에 수도원 기행을 계획한 것은 아니었지만 수도원다운 수도원을 본다는 것은 즐거운 여행의 시작이었습니다. 왜 사람들이 성지순례를 다니는지 이해가 될 듯했습니다. 건축양식에서 오래된 역사를 엿보고, 벽화에서 그들의 믿음을 엿보고, 모자이크와 금속세공 등에서 예술을 느꼈습니다. 그리고 사람들이 얼마나 믿음을 위해 공을 들였는지 알아냈습니다. 조금씩 제 믿음도 자라고 있는 듯했습니다.

겔라티 수도원에서는 건축양식이 우선 수도원답습니다. 적당히 부서지고 적당히 보수되어 가면서 온몸으로 세월을 고스란히 받아들이며 견뎌 온 듯합니다. 한때는 다비드와 타마르 왕의 강력한 왕권을 거치며 지어졌다는 수도원은 모자이크, 벽화, 금속세공으로 보아 황금기에 건축된 대단한 수도원이었음이 짐작되지만, 지금은 쇠락한 모습에 애잔합니다. 모든 것은 사라지고 기도만 남은 수도원의 모습이었습니다. 나이 드신 허름한 복장의 수도사한 분이 문 앞의 의자에 힘겹게 앉아 우리를 오래 지켜봅니다. 우리의 행동

거지를 살피던 나이 드신 수도사는 아마도 여기서 평생을 사셨을 것입니다. 기도 시간을 빼면 어쩌다 들르는 여행객을 구경하며 소일하시는 것 같습니다. 살아 내신 시간이 무형문화유산이지 않을까 생각되었습니다.

우리나라처럼 연단 위에서 보여 주는 목회자의 역할이나 신도를 이끄는 수장으로서의 경외감보다도, 막 엎어져 기도를 끝내고 나온 듯한 복장에서 우러나오는 소박한 믿음이 더 경외롭습니다. 기도를 통해 마지막까지 하나님께 스스로 기어가는 수도라는 것에 존경심을 갖게 하였습니다.

19 바르드지아 동굴도시

　동굴도시를 향해 이동했습니다. 멀리서 보는 이곳은 마치 벌집 같았습니다. 그리고 사람이 참 위대하다는 생각이 들었습니다. 위기에 몰리면 어떻게든 살아남는 게 사람인가 봅니다.

　바르드지아Vardzia의 동굴도시. 몽골이나 이슬람의 침입에 시달리던 조지아 사람들은 몸을 숨길 만한, 외적이 침입하기 어려운 높은 곳이 필요했던 것 같습니다. 그리하여 게오르기 3세는 돌을 파내어 동굴도시를 만들었다고 합니다. 아파트 13층 높이에 수천 개의 방으로 구성된 도시. 수도사들이 머

무는 방뿐만 아니라 교회를 비롯하여 식당, 회의실, 목욕탕, 와인 저장고, 마구간 등 5만여 명이 들어가 살 수 있는 동굴도시를 만들었다고 합니다.

지금도 한 분의 수도사가 그곳에 살고 있으며 미사가 있는 날이나 볼 수 있다고 합니다. 바르드지아라는 이름은 어린 타마르가 아버지와 함께 사냥을 나왔다가 길을 잃었을 때 "바르드지아!"라고 외친 데서 붙여졌다고 합니다. 바르드지아는 '나, 여기 있어요!'라는 뜻이랍니다.

동굴을 통해 피신할 수 있는 길고 좁은 동굴. 3,000여 개 통로와 6,000여 개의 방으로 이루어진 동굴도시는 닫혀 있다가 지진으로 소실되어 드러나기 시작했다고 합니다. 400라리의 입장권을 끊어야 입장이 가능한데 100라리를 더 내면 셔틀버스도 이용할 수 있습니다. 이곳 역시 내려올 때는 걸어 내려오는 것이 풍경도 구경할 겸 좋습니다.

군사적인 기능이 담긴 요새로도 쓰였던 동굴도시의 교회 왼편으로 나가면 좁고 긴 미로 터널이 나오는데 비상 시 탈출 통로로 보입니다. 살기 위한 통로였을 겁니다. 어떻게 팠을까요?

동굴도시의 중심부에는 수도원 설립자라고 할 수 있는 게오르기 3세와 딸 타마르 왕의 벽화가 그려져 있습니다. 교회는 미사가 있는 날 이외에는 닫혀 있어서 간신히 문틈으로 구경만 했습니다. 절벽 위에 종 네 개가 매달려 있습니다. 문득 종을 울리고 싶어졌으나 너무 높이 매달려 있었습니다.

*20*_ 스바네티

겔라티 수도원을 거쳐, 모짜메타 수도원을 거쳐, 또다시 산간마을 메스티아의 스바네티 지역으로 이동을 합니다. 이제는 어느 정도 특별하게 인상적이지 않은 수도원은 가물가물합니다. 이제 선생님도 너무 많은 수도원을 얘기해서 지루해지시고 계실 듯합니다. 현지에 가서 직접 보신다면 정말 은혜받고 감동하실 거라 생각이 들지만요. 저도 적당히 건너뛰겠습니다.

마을 전체가 문화유산으로 등록된 이 산간마을은 지형적인 고립으로 인해 이 지역만의 문화가 간직되어 온 것 같습니다. 다녀와서 안이에게 코카서스 3국 중에 "어느 나라가 제일 좋았어"? 하고 물으면 망설임 없이 "조지아"라고 대답합니다. "조지아 중에서는 어디가 제일 좋았어?"라고 하면 "우쉬굴리"라고 대답합니다. 우쉬굴리 때문에 조지아가 좋았다고 대답하게 만든 깊고 깊은 코카서스 산맥 자락에 앉아, 선생님도 이 광경과 이 산골 사람들을 만났다면 엄청 좋아하셨을 거라 생각했습니다. 이곳은 스바네티 타워 svanetia tower가 많아 스바네티 지역이라고 부릅니다.

조용하고 한적하여 아무 생각도 없이 한 석 달쯤 갇혀 살아도 좋을 곳이라는 생각이 들었습니다. 여기서는 행동도 느려지고 생각도 느려집니다. 아침이면 마을을 어슬렁거리며 사진을 찍고, 동네 개에게 참견도 하고. 지나가는 꼬마와 시답지 않은 얘기도 건넵니다. 신기한 것은 나는 한국말로 하고 그 아이는 조지아 말로 대답하는데 통한다는 것이지요. "한번 살아 볼래?" 하면 살 수 있을 것 같은 용기가 생기는 마을입니다. 대책없는 마음이 슬며시 꿈

틀댑니다.

　우쉬글리 다녀오며 거의 다 왔을 때, 중간에 내려 달라고 부탁해서 무작정 걷기도 했습니다. 교회를 만나면 교회를 들어가고, 망루를 만나면 망루를 기웃거렸습니다. 채소가게, 빵집, "짜짜"라고 써 붙인 점방들. 우쉬글리 쪽으로 트래킹 오는 사람들을 상대로 신발이나 우비 등 장비를 곁들여 팔고 있는 가게에 들어가 갑자기 추워진 날씨에 걸칠 옷을 살까 말까 만지작거리기도 하면서. 서서히 저녁은 오고, 여행 들어오는 날부터 더위에 지쳐 지내다가 저녁이 되자 갑자기 산골마을 추위가 적응이 안 되어 몸을 움추리고 숙소가 제 집인 양 종종걸음치며 돌아옵니다. 고맙게 저녁을 차려 줍니다.

　저녁을 먹고 광장으로 나갑니다. 저녁 광장은 늦게까지 여행자들로 왁자지껄합니다. 이 도시 사람들은 코카서스 산맥 아래 우쉬글리 하나로 먹고 사는구나 싶어졌습니다. 맥주클럽은 조지아 전통춤을 구경하러 모여든 사람들로 빼곡합니다. 우리도 끼어서 맥주 한잔하며 춤을 구경하였습니다.

*21_* 우쉬글리에서 만난 화가, 프리던

메스티아의 4,700m 높은 설산 우쉬바Ushba 아래에서, 우쉬바란 '두려움이 없는 사람'이라는 뜻이라는데 그 우쉬바를 닮은 한 사람을 만났습니다. 제가 감동한 세 번째 화가입니다.

세상을 초월한 듯한, 오래 한 우물을 나름대로의 방법으로 팠을 법한 독특한 화법의 화가였습니다. 제가 벽에 걸린 그림을 오래 들여다보자 플래시를 켜서 비춰 줍니다. 대부분의 예술이 그렇듯이, 나름대로 표현하며 풀어 내는

기쁨도 있지만 누군가가 자신의 예술을 깊은 시선으로 바라봐 준다면 그 맛에 예술을 하는 것 아니겠습니까? 전시했던 리플릿도 주섬주섬 내놓습니다. 어쩌면 이것이 화가 프리던 니자라데Fridon Nizharadze가 우쉬글리에서 살면서 자신의 분야와 다른 예술가들과 소통하는 방법일지도 모르겠습니다. 제가 동생과 카메라를 들고 왔다 갔다 하니까 꽃이 피어 있는 자신의 뜰에 들어와 찍으라고, 찍다가 2층에 있는 그림을 보겠느냐고 안내한 것이 그만 행운 중에 행운을 만난 것입니다.

쿠바에 갔을 때도 그랬었습니다. 쿠바의 거리를 기웃거리다 만난 한 사진가가 자신의 작업실로 안내를 했고 아직도 틀어박혀 암실작업을 하는 작업현장을 보여 주었습니다. 제가 작업하는 'DURST M805' 쓰는 친구였습니다. 얼마나 반갑던지. 현상약품 사이에서 그가 그동안 작업한 사진을 주루룩 내

놓았었지요. 쿠바에 머무는 동안 두세 번쯤 더 방문했었습니다. 그리고 두 장 사온 사진이 지금도 그 인연의 추억을 기억하게 합니다. 프리턴의 그림도 한 장 사오고 싶어 관심을 보였지만, 슬프게도 그분은 영어 한마디도 못하거니와 제가 가지고 간 현금도 그림값에 턱없이 부족했었지요. 어찌어찌 해서라도 한 장 지니고 싶어 흥정을 시작할까 하다가, 그건 너무 죄송스러운 일이라는 생각이 들었습니다.

그리고 여행에서 돌아와 저는 피로스마니를 비롯하여 바쿠에서 만난 미술가, 화가 이런 분들을 추적해 가며 그들의 그림 속에서 한 일주일 폭 빠져서 살았더랬습니다. 우쉬글리 마을의 풍경은 설명이 안 되어 사진으로 대신합니다.

선생님, 감동도 너무 대단하면 "아!" 하는 한 마디면 끝이 납니다. 할 말을 잊게 한 우쉬글리였습니다.

_22_ 바투미의 흑해

오로지 해지는 것을 보기 위해 시간을 맞춰 흑해로 나갔던 일은 오래오래 기억될 것입니다. 그렇다고 기억할 만한 일이 있었다거나 그날따라 특별한 해가 넘어간 것도 아닙니다. 그냥 여행 중간에 아주 낯선 땅 바투미Batumi라는 곳에서 해지는 것을 오래 바라보았다는 사실이 특별하게 기억된다는 건 신기한 일이긴 합니다만, 그래도 오래도록 내 기억을, 또 내 마음을 사로잡았습니다.

20년 전쯤인가요? 처음 티베트 여행을 갔었을 때 라싸에서 일주일 정도 머무른 적이 있습니다. 머무르는 동안 다른 지역으로 여행을 가지 않은 너댓 번의 저녁마다 조캉 사원 옥상에서 해넘이를 구경했었습니다. 도미토리를 함께 쓰는 여행가가 추천해 줘서 갔었는데 여행자들 몇몇이 앉아서 말없이 해지는 것을 구경했었습니다. 모두 말없이 해지는 것을 보고, 해진 후에도 오래 그냥 해가 넘어간 쪽을 향해 앉아 있었습니다. "같이 해지는 거 보러 갈래요?" 하고 해넘이를 추천해 줬던 친구는 가장 여러 번, 그리고 가장 오래 해넘이를 구경하던 친구였습니다.

라싸를 떠나지 못하는 이유가 해지는 것을 구경하기 위해서라는, 내일 한 번만 더 보고 가려 한다며 며칠을 더 연장하던 그 친구. 연장의 이유가 참 적당하지 않다는 생각이 들었습니다만, 결국 제가 먼저 떠나와서는 시간이 흐를수록 오래 그 장면이 기억에 남는다는 걸 알았습니다. 그러다가 온통 라싸의 기억은 해넘이 구경하던 것밖에 안 남게 되었다는 것도 알았습니다.

그리고 오랜 시간이 흐른 후, 클로드 모네의 그림의 매력에 빠져든 후에야 그 친구가 여행가 이전에 화가였을지도, 그리고 빛을 보고 있었을지도 모른다는 생각이 들었습니다. 그런 그 친구가 가끔씩 그립답니다. 그리고 제 여행에선 그런 친구들을 만나고 싶습니다. 여행은 때때로 사소한 것을 일깨워주는, 그래서 살면서 무엇이 중요한지를 다시금 생각하게 하는 계기가 되는 것 같습니다.

여행의 기억은 시간이 흐를수록 단순하고 명료해지기 마련입니다. 대부분 다 잊어버리지만, 특별했던 장면은 점점 명료하게 그리워집니다. 석양이 그러합니다. 쿠바의 말레콘 비치 역시 그러했습니다. 두 번 쿠바를 여행했는데 두 번 다 말레콘 비치 근처의 올드아바나에 숙소를 잡았더랬습니다. 그것은 말레콘 비치의 석양이 가장 가깝기 때문이었습니다. 석양을 잘 볼 수 있는 도시, 오래 석양을 마주할 수 있는 풍광. 바다로 떨어지거나 산 너머로 넘어가거나, 아파트로 지거나, 지는 해는 모두 좋습니다. 이 모든 일몰은 그리움을 던져 주고 떠납니다.

다시 해넘이를 보러 간 그날의 해는 상상 속으로 떨어집니다. 떨어지면 그곳에서 누구를 만날 수 있을까요? 저녁마다 기도하던 할머니, 나를 무릎에 앉히시던 할아버지, 나를 한번도 안아 주시지 않았던 아버지까지. 그곳도 해가 넘어가나요?

2019. 9. 21

III
아제르바이잔

01_ 꺼지지 않는 불꽃의 나라, 아제르바이잔

아제르바이잔에서는 3일간 머물렀습니다. 아르메니아를 가기 위해서 코카서스여행을 선택하면 일반적으로 바쿠를 통해 들어갑니다. 그러나 아제르바이잔의 수도 바쿠에서 머무르는 시간이 너무 짧기 때문에 조지아를 거쳐 아르메니아로 넘어갔을 때 이미 아제르바이잔은 대부분 잊어버리게 됩니다. 그러니까 내가 이 나라를 기억하는 건 돌아와서 사진을 통해서입니다. 사진이 아니면 되돌아본다는 것은 불가능한 여행코스입니다.

그러나 여행지의 첫 도시는 늘 설렘이 있습니다. 설렘을 기억하며 천천히 사진을 따라 발자취를 되짚어 아제르바이잔으로 다시 들어가 보려고 합니다. 사진은 기억을 따라가는 기록입니다. 지도를 보면 북으로는 러시아와 조지아, 남쪽으로 이란, 동쪽으로는 카스피해, 서쪽으로는 아르메니아와 터키까지, 아제르바이잔은 이러한 지리적 틈새에서 동서양 문명의 길목에 자리 잡아 옛 대상들이 오가던 활발한 실크로드 길의 경제 중심지입니다. 이러한 지리적인 요건이 한편으론 유리한 듯 보이나, 달리 보면 강대국 사이에 끼인 불안한 요충지입니다.

사람들은 그런 아제르바이잔을 '불의 나라'라고 부르고, 수도 바쿠Baku는 '바람의 도시'라 부릅니다. 불의 나라라고 부를 만큼 역사적으로 변화무쌍했으며, 바람의 도시라고 부를 만큼 카스피해의 바람을 안고 살고 있습니다. 역사만큼이나 바람 잘날 없던 수도 바쿠에는 현재 170만 정도의 인구가 살고 있는데 바쿠라는 지명은 '바쿠Bagh-kuh', 즉 '신의 언덕'이라는 뜻이고 페르시아어의 바트구베Bad-kube, '바람이 심하게 부는 곳'이라는 말에 기원을 두고 있답니다.

바쿠에는 이 나라를 상징하는 영원한 불꽃이 있습니다. 시내 어디서나 보이는 바쿠 플레임 타워Baku Flame Towers가 예사롭지 않아 보였습니다. 앞으로 절대 꺼지지 않을 '바쿠의 불꽃'을 심장처럼 여기는 나라, 그들의 상징으로 이 도시를 엿보는 시간이 되었으면 좋겠다고 생각했습니다.

20여 년 전에야 비로소 소련체제에서 독립한 나라로 공식명칭은 아제르바이잔공화국. 코카서스 산맥의 남동쪽, 카스피해의 서쪽 연안에 위치하며 총면적은 한반도의 약 40% 정도인 8만 6,600km²입니다. 전체 인구는 800만 명 정도. 주민의 다수는 트루크계의 아제르바이잔인이며 대다수 이슬람교를 믿고 있습니다. 실크로드 대상들이 아시아와 유럽을 오가던 길목에 있었기에 유럽과 이슬람 문화를 기초로 하고, 여기에 대부분 지배를 받았던 러시아와 터키 문화가 적절히 녹아 있는 듯합니다. 그러한 열강의 문화를 바탕으로 이슬람교를 믿는 국가임에도 불구하고 히잡을 가장 먼저 벗어던진, 개방적인 문화권의 나라이기도 하답니다.

우리나라에서 아제르바이잔을 가기는 쉽지 않습니다. 이름조차 낯설어 고작해야 올림픽 축구경기로나 알려졌을 법한 아제르바이잔. 여행사에서 상품으로 '코카서스 3국'을 묶어 여행하지 않는 한 굳이 아제르바이잔을 따로 선택하지는 않을 것 같습니다. 그 이유는 배낭여행을 하기에는 정치적으로 불안정하기 때문입니다. 종종 아르메니아와의 국경지대 카라박 지역에서 여전히 분쟁이 일어납니다. 출입국에서는 단순 여행자임에도 까다롭게 굽니다. 그래서 여행사에서조차 여행을 내보낼 때는 인솔자를 동행시키면서도 늘 긴장합니다. 특히 아르메니아를 먼저 여행하고 아제르바이잔을 들어갈 때는 더욱 긴장해야 한다고 합니다. 아르메니아의 비자 도장이 먼저 찍힌 상태에선 까다로움이 심해 아제르바이잔으로 들어가 조지아를 거쳐 아르메니아로 나오는 것으로 루트를 틀었습니다. 그러나 정치적인 것을 배제하고 여행자의 시선으로 바라보면 한없이 순수하고 매력 있는 나라가 아제르바이잔입니다.

02_ 뉴바쿠가 우릴 반겼습니다

바쿠에 도착한 첫날, 시내에서 떨어진 뉴바쿠호텔이란 곳을 숙소로 잡았습니다. 시내를 나가려면 택시로 다운타운의 중심이 되는 '처녀의 망루'까지 15분 정도 소요되었습니다. 멀지 않은 거리, 시간이 허락된다면 한두 시간, 사진을 찍으며 걸어가도 좋을 거리, 그 사이에 펼쳐질 많은 골목이 우리를 흥분시켰습니다.

어쨌거나 이틀 동안 묵으며 골목을 돌아다니다 보니 같은 시간대에 한두 번만 부딪치면 안면을 트게 되고 인사를 하며 친해집니다. 차도 얻어 마시면서 수다가 통하면 사진은 여벌이고, 사진기를 내려놓고 놀기 시작했습니다. 그러니까 제 카메라는 소통의 도구로 사람에게 다가가는 신통한 역할을 합니다. 국가 간의 분쟁은 단지 정치적인 문제일 뿐, 순하디 순한 사람들은 쉽게 친구가 됩니다.

사진은 첫 여행지에서 가장 많이 찍게 됩니다. 바쿠 사람들은 다른 나라 사람들에 대해 호기심이 나만큼 많거니와 따뜻한 성품을 지녀서 오히려 사진을 찍어 달라고 포즈를 취하기도 했습니다. 어디서 왔느냐는 물음에 "코리아"라는 대답만으로도 우리나라에 대해 호의적입니다. 우리를 아는 척하는 건 주로 월드컵이나 스포츠 경기를 통해서가 대부분인데 특히 축구를 무지 좋아하나 봅니다. 그리고 "노스?" "사우스?" 하면서 나만큼 호들갑을 떱니다. 여행에서 이런 시작은 얼마나 좋은지 모르겠습니다. 사람이 사람을 반긴다는 것. 더구나 코리아에 대한 평가기준으로 나를 평가하다 보니 덩달아

나도 올라가고, 이럴 때 우리나라는 또 얼마나 고맙습니까? 중국, 일본, 한국, 이런 비교 대상으로 볼 때 코리아라면 귀한 집 자식 같은 대우이지요. 이럴 땐 으쓱합니다.

호텔의 조식 시간은 8시부터라기에 식사 전에 마을을 한 바퀴 돌았습니다. 이틀을 뉴바쿠에서 잤으니까, 아침에 두 번, 저녁에 두 번의 촬영을 할 수 있었습니다. 시내의 야경보다 저는 골목을 택했습니다. 부지런히 출근 준비하는 사람들, 가게를 여는 사람들, 빵을 사러 가는 사람들, 생면부지의 사람을 아침 댓바람에 민낯으로 만나고도 아는 척하고 싶은 순수한 표정들. 그

럴 때 그만 반하고 말지요. 몇 번 부딪친 할랄고기점 아저씨가 아침차를 마시면서 불러들이더니 느닷없이 악기를 연주해 주겠다고 합니다. 뉴바쿠의 선물입니다. 우릴 그렇게 반겼습니다.

03 _ 만나는 사람마다 천사입니다

이전에 내가 알던 천사는 하얀 긴 치맛자락 펄럭이며 하늘에서 내려왔습니다. 등에는 그림에서 보던 큰 날개를 달고 무중력으로 사뿐히. 그러나 수도원의 그림 혹은 이슬람의 천사를 보면 하나님과의 중매자 역할을 한다거나, 또는 여호아를 수호하는 남자, 여호아를 지키는 군대이기도 했다지요?

그러나 여행지에서는 종종 이와는 다른 착한 천사를 만나기도 합니다. "천사는 어쩌면 이런 표정이었겠구나!" 아니면 "와, 천사 같다!" 하는 말이 튀어나올 만큼 천사의 얼굴을 가진 사람들. 이들을 만날 때 저도 천사가 됩니다. 천사끼리 천사가 됩니다. 착한 사람, 예쁜 사람, 좋은 사람, 종교를 초월한 사람, 남자와 여자를 초월한 사람, 혹은 우리 이모를 닮은 사람. 그렇게 카메라를 든 나를 경계치 않는 사람들이 내가 오래 기억하는 사람으로 함께 천사가 됩니다.

돌아와 내 여행사진에서 튀어나오며 "안녕!" 하고 먼저 인사를 건네는 사람들입니다. 다시 만나고 싶은 사람들입니다. 그 순간이 함께 담겨 온 사진이 너무 고맙습니다. 그러나 또한 그렇게 스친 짧은 인연이라서 눈물이 납니다. 내내 건강하시길, 사진에게 인사를 보냅니다.

두 번째 날은 할랄고기점 아저씨 안집의 아이가 옷도 벗어 던진 채 무슨 이유에선지 대성통곡을 합니다. "꼬마야, 안녕?" 쳐다보지도 않은 채 울음은 더욱 거세집니다. 너댓 살쯤 되는 아이의 울음은 최상의 방어이고 또한 최선의 공격입니다. 막무가내의 떼거지입니다. 엄마와의 갈등이 있었나 본데, 아빠의 가게 앞에 나와 아빠의 응원을 구합니다. 결국 아빠는 어쩔 수 없이 아이를 달래고 번쩍 안고 들어갑니다. 이럴 때는 아빠가 대단한 내 편이고 '빽'입니다. 통곡은 아이의 '승'으로 돌아간 듯합니다.

들어가며 아빠는 우리에게 기다리라는 눈짓을 합니다. 어제처럼 차를 마시라고 할 참이었나 봅니다. 알겠다고, 올 때 들르겠다는 손짓을 했습니다. 돌아올 때 즈음은 또다시 바쁩니다. 고기가 도착했는지 또다시 바빠져 있었습니다.

04_ 몰래 가져온 남의 추억

　여러 날 여행을 하다 보면 돌아와서 어떤 식으로 사진을 정리해야 하는지 그것 또한 큰 숙제입니다. 사진을 통해 되짚다 보면 그 시간이 실제로 여행하던 시간보다 훨씬 더 길어질 때가 많습니다. 선생님께 이야기를 들려드리기 위해 사진으로 다시 여행을 시작합니다. 어떤 방법으로 시작할까 하다가 제가 제일 먼저 마음에 품었던 나라부터 시작하는 것이 나을 것 같아 제일 짧게 머물렀던 아제르바이잔을 뒤에다 배치하기로 했습니다. 메모를 찾고, 지도를 찾아가다 보면 제 기억은 처음보다 더 훌륭한 정리된 정보가 나옵니다. 그러니 사진을 통해 다시 여행하는 맛도 나쁘진 않습니다. 새록새록, 가본 곳이니 더 정겹고 그리워집니다.

　저는 작품으로서의 결과물을 얻는 데보다 사람들과의 소통의 도구로 사진기를 활용할 때가 더 많습니다. 사진이 설명적일 수는 있겠지만, 제겐 추억을 찍는 도구입니다. 어차피 멋진 사진 자체에는 목숨을 걸지 않는 편, 가능하면 상황마다 많이 찍으려고 노력합니다. 갈수록 모든 순간이 소중해지기 때문에 양이 늘어납니다. 물론 남겨진 순간이 아니더라도 사진 밖의 추억이 더 재미있는 경우가 많긴 합니다. 사진을 찍기 원치 않으면 사진기 내려놓고 눈으로 혹은 마음으로 충분히 사진을 박습니다. 그러나 이럴 때 제 추억의 수명은 길지 않다는 것. 그래서 조르기도 합니다. 한참 놀면서 안면을 트면 블로그나 페이스북에 올리지 않는다는 조건으로 찍기를 허락받아 내기도 합니다. 사진의 역할 중에 사진이 소중한 기억의 장치라는 것을 그들도

이미 알고 있기 때문에 허락해 줍니다.

　그래서 그들도 저를 찍기를 원하면 기꺼이 응해 주기도 하면서, 그러다 보면 오히려 그 순간은 더 소중한 추억이 됩니다. 그렇게 사진은 서로의 비밀 같은 놀이를 즐기는 일이며 비밀을 주고받는 일이기도 합니다. 따라서 공개하지 못하는 사진에 대해서는 양해를 바라는 마음입니다. 인화된 사진을 주러 '언젠가는 다시 가야지' 하는 희망을 품기 시작합니다. 사진 한 장은 서로 기억하고 언젠가 다시 만나야 할 약속입니다.

　대부분 그들은 사진기를 향해 활짝 웃어 줍니다. 그럴 때는 나 혼자 보기 아까운 기념사진이 되지요. 자신들도 어떻게 나왔는지 보지 못한 사람들, 인생의 한 순간이 제 기억 속에, 또 사진 속에 정지 되어 남아 있습니다.

　이 다음에 할아버지가 세상을 떠나도 할아버지의 따스한 품을 기억할 수 있는 유일한 추억을 내가 가져왔으니 기억을 돌려주러 가야겠습니다. 또 다시 여행의 핑곗거리가 늘어납니다.

05_ 파란 대문집 여자로부터

　가장 힘들 때 나를 도와주었던 이종사촌 언니가 있었습니다. 내 청춘의 중간쯤 느닷없이 감당할 수 없는 늑막염이란 판정을 받았을 때, 엄마는 우리를 부탁하기 위해 사촌언니 내외를 우리 곁으로 보내셨습니다. 언니의 얼굴은 어떤 상황에서든 언제나 천연덕스럽게 맑았던 기억을 가지고 있습니다. 한참을 잊고 살았는데, 그런 언니와 아주 닮은 여자가 파란 대문을 열고 얼굴 반쯤을 내밀었습니다. 웃을까 말까 살피는 얼굴로 나왔는데, 하마터면 "혜화언니!" 할 뻔했습니다. 온 얼굴이 다 나왔을 때서야 이곳은 이역만리라는 것을 깨달았습니다. 그렇게 가끔씩 여행 중에 완벽하게 긴장이 풀릴 때가 있습니다. 새롭게 만나는 사람들이 전혀 낯설지 않을 때, 뜬금없이 그 여자에게서 그 옛날의 언니가 떠오를 때, 여행 초반인데도 그새 긴장감을 내려놓게 됩니다.

　돌아와서 얼마 지나지 않아 엄마 제사 때, 큰 동생이 혜화언니의 동생인 이종사촌 오빠의 죽음을 알려 왔더랬습니다. 날짜를 계산해 보니 그때쯤이 아니었나 생각됩니다. 아마도 엄마가 세상을 뜨자 관계가 뜸했던 이종사촌 언니가 파란 문으로 다녀간 모양입니다. 잊는 줄도 모르게 잊혀지는 사람들이 늘어간다는 것은 여행만큼이나 생경한 낯설음입니다.

　그리고 다음날이었던가? 사원에서도 놀랄 만큼 이모를 닮은 사람을 또 만났습니다. 사람은 아무래도 적당히 살고 나면 어떤 사건이 일어날 때 예지력이 늘어나나 봅니다.

그렇게 여행은 가끔씩 잊혀진 사람을 기억하는 일로부터 시작합니다. 여행 중에 때때로 동생 안이는 "언니, 그거 기억나니?" 하면서 지나간 일을 들추곤 합니다. 까마득한 일을 왜 기억하는지, 왜 뜬금없이 문득문득 생각나게 하는지, 돌아간다 해도 거기에는 아무도 없다는 것을 알면서도 우리는 낯선 곳까지 와서 친근했던 인연들의 기억을 들춥니다. 종종 그때 그 시간으로 돌아가고 싶어 안달을 합니다. 떠나간 사람을 미치게 오롯이 그리워하게 만드는 것이 여행이라면 저는 다섯 동생들과 함께 엄마를 기억하러 떠나는 여행도 좋겠습니다.

파란 대문집 여인으로부터 엄마 쪽 연결고리였던 혜화언니까지, 오래되고 녹슨 그리움에 잠시 잠깐 울컥한 아침이었습니다.

06 _ 어린 왕자가 살던 소혹성, 하라미 진흙화산

　1만 년 전에 그린 암각화가 고부스탄 지역에 있다고 하여 보러 가던 중, 하라미 진흙화산mud volcano에 들렀습니다. 일반적으로 화산지대라고 하면 땅속에서 붉은 용암이 흘러나오는 것을 연상하게 되는데, 진흙이라니 더 궁금해졌습니다.

　가는 길이 비포장에, 산으로 올라가야 하기 때문에 입구 큰길에서 차량을 바꾸어 탔습니다. 세계적으로 사막화되어 가는 나라가 많아지고 민둥산이 늘어 간다는데 이곳도 반사막 지역으로 먼지 풀풀 날리는 길을 덜컹거리며 올라갔습니다. 풍경은 황량했습니다. 거대한 산을 기대했는데 땅 아래 작은 구멍에서 "뽈락뽈락" 소리를 내며 진흙이 올라오는 것을 보니 지구라는 것이 장난스러웠습니다. 큰 구경거리나 신통한 맛은 없었지만 어린 왕자가 살던 소혹성을 생각나게 했습니다. 어린 왕자가 분화구를 쑤시고 막 떠난 모양입니다. 신기했습니다. 화산은 여러 광물질과 가스 등이 혼합되어 끈적끈적한 진흙 형태로 분출된다고 합니다. 보이지 않는 소혹성엔 대체 무슨 일이 벌어지고 있는 것일까요?

　구멍이 작다고 방관해서는 안 되는 일입니다. 몇 년 전에는 이곳 진흙화산이 폭발하여 이 나라뿐만이 아니라 세계를 놀라게 한 적이 있다고 합니다. 얼마 전에도 하와이섬 킬라우에아 화산의 용암이 9,000미터나 치솟았다고 하잖아요. 우리나라에서도 규모 5.8의 지진이 났었지요. 하늘도 못 믿겠지만 땅속도 못 믿을 세상입니다.

영화에서 보던 일들이 세계 곳곳에서 실제로 발생하니 두렵습니다. 더구나 아직까지 그다지 큰일이 일어나지 않았던 우리나라에도 화산지대가 있다고 하니, 뜨거운 맛(?)을 느끼지 못했을 뿐 세계 구석구석엔 아직 시한폭탄이 많다는 걸 확인한 셈입니다. 무관하다고 생각했던 일들이 이곳에는 진행형입니다.

진흙화산은 전 세계에 약 700~800여 개가 있다고 하는데 아제르바이잔과 카스피해 연안에 그중 40%가 넘는 350개 정도가 있다고 합니다. 어린 왕자가 살던 행성의 분화구처럼 귀엽거나 재미있다고 보아서는 안 되는 불씨들이지요. 이 작은 것들은 뽈락뽈락 불씨가 되어 호시탐탐 세상을 노린다고 생각하면 귀여운 것은 저 멀리, 오싹합니다.

07_ 고부스탄의 암각화

여행을 가면 그 지역을 알기 위해서는 일단 그 지역에서 추천하거나 중요하다고 하는 박물관을 먼저 보면 이해하기 쉽습니다. 관심 분야 아니면 재미없을 수도 있지요. 그래도 박물관 코스는 기본입니다. 좋은 여행을 하려면 자신이 좋아하는 관심 분야 이외의 것도 관심을 가져야 합니다. 그래야 여행이 풍성해집니다. 사람 머리라는 것이 한계가 있어서 무지막지하게 집어넣는다고 다 들어가는 것은 아니지만, 저는 이 나라가 궁금해졌습니다.

낯선 동굴로 가서 한참 설명을 듣는 것을 감수했습니다. 다행히 박물관은 그 나라를 이해하는 데 많은 도움을 주었습니다. 암각화가 있는 산 아래 박물관(2011년 건축)에 유산들의 목록을 잘 정리해 놓았습니다. 먼저 박물관을 둘러보고 차를 타고 이동. 요청하니 현지 가이드가 따라와 바위에 그려진 당시의 문화와 생활상을 설명해 줍니다. 저는 고부스탄(바위의 땅이라는 뜻)의 암각화Gobustan Rock Art Cultural Landscape가 매우 흥미로웠습니다. 1만 년 전에 그런 그림이 문자가 되고 소통의 방법이 되었다니 관심을 갖고 가이드를 바싹 따라붙었습니다. 이곳에서는 고대사회 원시인들의 문화를 알 수 있는 6,000여 개 이상의 암각화가 발견되었다고 합니다. 대서사시였습니다. 열심히 들으니 가이드는 자주 나와 눈을 마주치며 설명을 합니다. 아주 긍정적인 리액션이나 충분한 공감을 표현하면 자신이 알고 있는 것을 모두 다 알려 주려고 애를 씁니다.

원시인들의 그림, 즉 남자와 여자, 황소와 사슴, 사자, 뱀, 보트, 바퀴, 사냥

Atlar
Horses

Vəhşi uzunqulaq və qulanlar
Onagers and Kulans

Balıqlar
Fishes

Ceyranlar
Goitered Gazelles

187

도구, 사냥하는 장면, 전쟁하는 장면, 바다에 띄운 배, 임신한 여성, 여신들 댄스 등, 이런 그림 기호들을 보면 당시 모계사회였음을 알 수 있다고 합니다. 그림을 읽고 역사를 해석하는 방법까지 가르쳐 줍니다.

이 나라에서는 이런 암각화 하나만으로도 좋은 콘텐츠이고 관광자원이 되겠습니다. 이 나라에 석유 다음의 또 다른 자원이 산재해 있다는 생각에 은근히 부럽기도 했습니다. 이곳은 1939년에 고고학자 이삭 자파자대에 의해서 발견되었는데 2007년에 유네스코 세계문화유산으로 등록되었다고 합니다. 남겨진다는 것, 간직한다는 것, 유형이든 무형이든 그것은 대대손손 먹고 살 수 있는 확실한 유산임에 틀림없는 것 같습니다.

이곳에서 그렇게 많이 남겨진 그림문자는 우수한 아제르바이잔 예술의 기초가 되었다고 합니다. 박물관을 다녀온 후, 신기하게도 이 나라 곳곳에서 암각화에서 보았던 디자인적 요소와 상징, 기호들이 보이기 시작했습니다. 그것들이 읽혀지고 암호와 같은 뜻을 읽어 낼 수 있는 일도 여행입니다. 시간을 가지고 이미지 하나하나의 의미를 찾아가는 여행을 한다면 아제르바이잔에서 몇 달 눌러 앉아도 다 못 볼 것 같은 생각이 들었습니다.

산 위에서 도마뱀 한 마리를 만났습니다. 작은 바위 위에서 빤히 나를 내려다보고 있길래 나도 빤히 바라보았습니다. 내가 도마뱀을 무서워해야 하는 건지, 도마뱀이 나를 무서워해야 하는 건지 우리는 서로 태연했지만 이곳에서나 가능한 자연스러운 일이었습니다.

고부스탄 화석

돌과 돌 사이
꽃잎과 꽃잎은
돌을 베고 누웠다 그 위로
죽지도 못한 벌레의 울음
징표처럼 수만 년 전 벌레로
기어가고 있다

바람과 몸 섞으면
썩지 못한다는
생생한 죽음의 전언
화석이 되었다
죽어버린 그 시간

사랑한다 사랑한다
말없이 떠났던 그때
억만 번 꽃은 피었다 졌으리
돌과 돌 사이
당신과 나 사이

*고부스탄 – 아제르바이잔 바쿠 근처의 화석지대

08 초승달과 별이 뜨는 나라

이 나라의 국기에는 삼색기 위에 얄밉게 생긴 초승달과 별이 그려져 있습니다. 삼색의 의미 중 파란색은 투르크족을 의미하는 것으로 아제르바이잔이 투르크족의 근원임을 밝힌다고 합니다. 붉은 색은 현대성과 민주주의를 상징하고, 초록색은 이슬람을 상징한다고 합니다. 터키 국기에도 빨간 바탕에 별과 초승달의 문양이 있던 것을 기억합니다. 초승달과 별은 종교적인 의미가 있습니다. 마호메트가 알라신으로부터 최초의 계시를 받을 때, 알라의 진리가 인간에게 전해졌을 때, 초승달과 별이 떠 있던 그 새벽을 의미한다고 합니다. 보름달도 아니고 가냘프고 눈썹 같은 초승달이 국가의 상징이 된다는 것도 알고 보면 큰 의미가 있는 것이겠지요.

여러 나라의 국기를 생각해 봅니다. 모로코는 빨간 바탕에 별만 그려져 있습니다. 빨간 바탕에 초록별 하나, 인상적이었죠. 터키도 빨간 바탕이 강렬했습니다. 국기에 쓰이는 대부분의 빨간색은 순교자의 피나 조국에 대한 희생, 혁명 그런 것들을 상징한다고 합니다. 그러나 이들 나라에서는 국기를 생활 속에 자연스럽게 활용하다 보니 빨간색은 오히려 평화를 상징하는 듯 보였습니다. 국기에 대한 경외심이나 엄격함이 우리나라 사람들보다는 덜했습니다. 모로코에서는 시장통의 가림막으로까지 자랑스럽게 사용하고 터키에서는 아이들이 등에 두르고 다닐 정도로 실용적으로 쓰입니다.

북한의 별은 무엇을 상징하나요? 중국과 같은 공산주의? 절대 권력인가요? 별을 보며 별별 생각을 다합니다.

_09_ 프로메테우스는 누구를 위해 불을 훔쳤을까

이 나라에는 석유가 지천인지라 땅에서 이유 없이 불이 붙어 솟는 것은 자연스러운 풍경이었다고 합니다. 아마도 땅에서 불이 붙는 것을 사람들은 이것이 신이 하는 일이라고 여겨 두려움을 가졌던 모양입니다. 그렇게 불을 숭상하는 배화교(조로아스터교)가 이 나라에서 시작되었다고들 말합니다. 이길 수 없는 것, 인간의 능력으로 해결이 안 되는 것은 모두 신의 영역으로 숭상하던 배화교. 불 앞에서 빌고 또 비는 일이 이상한 일은 아닐 듯 싶습니다. 어찌 보면 무지한 것이 사람이고 가장 두려움에 떨며 사는 동물이 사람이 아닌가 하는 생각이 듭니다.

그리스 신화로 올라가 보면 제우스로부터 밤마다 추위에 떠는 인간에게 불을 훔쳐 전달한 프로메테우스가 붙잡혀 사슬에 묶인 채로 벌을 받던 곳이 코카서스. 그 아래 아제르바이잔이 있으니 이 나라 사람들이 불을 숭상하는 일은 자연스러운 일이 아닐까요? 여행을 다니다 그런 모습을 보면 때때로 어느 종교건 기도하기 위해 한없이 성전을 짓거나 수도원을 짓는 일이 자연스럽습니다.

어쨌거나 1991년 러시아에서 독립 후 경제에 허덕이던 아제르바이잔은 다행히 또 기름샘을 발견했다고 합니다. 여러 나라가 이 유전에 눈독을 들였겠지요? 이럴 때 쏟아지는 기름은 국제적으로 대단한 힘입니다. 여러 나라가 공동으로 개발사업에 참여하는데 우리나라도 협력하여 유전 연구와 탐사를 시작했다고 합니다. 2006년인가, 노무현 대통령이 아제르바이잔으로 날아가 경제개발공유와 석유자원개발에 관한 양해각서를 맺기도 했습니다.

아제르바이잔은 분단국가가 겪는 아픔과 전쟁, 자원 부족 등의 역경을 딛고 일어난 대한민국에 관심이 많아 우리를 발전 모델로 삼고 있었다고 합니다. 석유 한 방울 나지 않는 우리나라에서는 볼 수 없는 기름밭과 기름산이 지천인데 우리나라를 부러워한다니 다행입니다만, 그런 말이 오간 지 10년이 지났으니 지금은 어떠한지 잘 모르겠습니다. 부디 동반 성장했기를 바랄 뿐입니다. 피 같은 기름을 땅바닥에 흘려보내고도 태연한 나라. 거짓말 같아

서 차를 세우고 내려서 진짜 석유인지 손으로 만져 보기도 했었습니다.

어렸을 적 할머니를 생각합니다. 나무 등잔대에 얹혀진 하얀 등잔, 매일 저녁 성경책을 읽어 드리고 나면 석유를 아끼려 일찍 불 끄고 잠자리에 들라 하시던 할머니. 저녁마다 죽었는지 살았는지 모르는 큰아버지를 위해 올리던 기도, 어디건 살아만 있으라고 매일 기도를 올리셨더랬습니다. 성경을 봉독하는 일은 언제나 제 담당이었습니다. 하루도 안 거르고 성경책을 봉독하는 일을 시키다가 한 종지도 안 되는 석유 아까워서 그만 자자던 할머니. 아마 이 나라처럼 기름이 차고 넘쳤다면 밤새워 기도하시고 밤새워 성경책을 읽으라고 하셨을 것 같습니다. 그래도 성경을 들으며 머릿속으로는 "기름 단다, 이제 그만 자자" 하셨겠지요. 지금도 성경을 읽으면 "기름 단다"가 생각납니다. 우리에게도 흔해 빠진 게 하나쯤 있었으면 좋겠습니다.

10 _ '처녀의 망루'라 불리는 메이든 타워

이제 본격적인 아제르바이잔의 바쿠 시내 여행을 시작합니다. 바쿠에는 '처녀의 망루'라 불리는 메이든 타워가 있습니다. 메이든 타워 앞에서 왼쪽으로 올라 쉬르반샤 왕궁을 보고 광장을 거쳐 올드시티를 향해 돌길을 내려오면 아래쪽에 대상들의 숙소로 쓰였던 카라반사라이와 메이든 타워를 만날 수 있습니다. 골목들이 많아 헤매긴 하지만 내려오다 보면 결국 만나는 것은 메이든 타워랍니다.

한때 조로아스터교의 예배 장소로도 쓰였던 이곳은 둥근 타원형으로 12세기 바쿠의 성곽도시를 방어하기 위한 목적으로 세웠다고 추정하는데 재미있는 전설을 갖고 있습니다. 옛날, 바쿠의 왕이 마음에 들지 않는 사내가 찾아와서 딸을 사랑한다고 고백하자 도시를 지킬 수 있는 망루를 하나 지어 주면 딸을 주겠다고 약속했답니다. 그러나 망루가 완성되자 사내는 죽임을 당했고, 약속을 어긴 아버지가 싫어 딸이 망루에 올라 투신했다고 합니다. 많은 사원과 문화유산에는 왜 그런 빤한 사랑 이야기가 얽혀 있는지 궁금합니다. 우리에게도 에밀레종을 만들 때 아기를 바친 이야기가 있습니다. 목숨을 바친 섬뜩한 이야기를 들으면 왜 갑자기 그 장소가 귀해지고 애달파지는지. 이것 말고도 몇 가지의 추정 전설이 있었는데, 그중 진부하고 빤한 사랑 이야기가 들어간 전설이 기억에 남았습니다.

다른 곳에도 '수도원 하나 지어 주면 사랑하는 딸을 줄게-' 식으로 남겨진 수도원이나 유네스코의 역사 유적지가 많았습니다. 서글픈 역사의 망루를

찾아가다가 망루 앞에서 무궁화꽃을 만났습니다. 진드기 하나 없이 깨끗하고 곱게 피었습니다. 투신한 처녀의 순결함과 지고지순한 사랑처럼 피었습니다. 바쿠사람들에게 사랑받고 가꿔진 꽃이라 그런지 유난히 예뻐 보입니다. 무궁화가 국화인데도 잘 가꾸지 못하는 우리가 내심 부끄러웠습니다. 그런저런 생각에 잠기니 갑자기 이 나라의 대단한 문화유산인 처녀 망루가 안중에 없어졌습니다. 우리나라에서는 천덕꾸러기 취급 받는 무궁화꽃에 처량해지고 우울해졌습니다.

　그러다 문득 선생님의 무궁화꽃 사진이 생각났습니다. 저와 함께 첫 책 만들 때 선생님은 유독 그 한 컷은 무궁화꽃으로 했으면 좋겠다고 하셨었지요. 특별한 주문이라 선생님의 시에 딱 맞는 무궁화꽃을 찍으러 공산성 입구의 무궁화꽃 담장 아래를 몇 번이나 갔었습니다. 그러다가 결국 흐릿한 아웃포커싱된 무궁화꽃을 내밀었더니 선생님은 썩 마음에 들어 하시지 않는 눈치셨습니다. 아마도 무성한 무궁화꽃 울타리를 생각하시고 쓴 시였던 것 같습니다. 그러나 그때는 어쩔 수 없었습니다. 예쁘게 찍을 똘똘한 꽃 하나 제대로 없었습니다. 사랑받지 못하고 핀 꽃, 감추고 싶었습니다.

　메이든 타워를 올라갔다 오라고 가이드가 시간을 주었는데 타워 앞에 앉아 이런저런 생각에 그만 안에를 들어가 보지 못했습니다. 그러나 무궁화꽃을 보며 선생님을 잠시 그리워하는 것도 나쁘지 않았습니다.

　자리를 이동하며 선생님의 시 한 자락 펼칩니다.

그리운 이여, 안녕?

나태주

그리운 이여, 안녕?

지리한 장마 거쳐 찬란히 볕 드는 날

새로 피어나는 무궁화꽃 섶울타리를 배경으로

그대가 만약 생모시 치마저고리 차려입고 나와 계신다면,

방학이 되어 잠자리안경 서울에 벗어두고

고향으로 돌아가

석류꽃 새로 피어 울 넘어 하늘을 보는

허물어진 돌담불길을 홀로 걷고 계신다면,

나는 시나대숲에 속살대는 바람 되어 가리.

열여섯 선머슴아이 머리칼인 양

부드럽고 향그럽게 숨쉬는

한 떼의 대숲바람 되어

그대 옷깃에 스미리.

11 바쿠 올드시티

 오래되었지만 낡은 것 같지 않고, 졸속으로 이뤄 낸 신도시 같지만 돈으로 바른 것 같지 않은, 적당히 새롭고 적당히 낡아 반들거리는 올드시티는 아제르바이잔다운 것만 모아 놓은 선물 세트와 같았습니다. 문 위에 또 하나의 작은 창을 내고 문틀 위에 나란히 도자기 몇 개 얹어 두고 벽엔 카펫 한 장 자연스럽게 걸어 두니 풍경이 이국적입니다. 그렇게 실크로드 대상들이 오가면서 섞인 문화가 이질감 없이 오밀조밀한 바쿠를 만들어 낸 것 같습니다.

 오래된 건물 사이로 불길같이 비상하는 꿈틀거림의 플레임 타워가 바쿠의 의지를 보여 주기도 합니다. 불길 하나로 도시가 활기차 보입니다. 타워를 바라보면서 쉬르반샤 궁전을 오르는 골목에 접어들면 어느 시대에 박아 놓았는지 모를 우둘거리는 돌길을 만납니다. 새로 만든 돌길도 자연스럽게 땜질하듯 덧대어 놓았습니다. 이것은 브루카를 입은 여인이 미니스커트의 여인과 함께 거닌다 해도 어색하지 않는 조화로움입니다. 그렇게 시간 위로 어울릴 것 같지 않은 풍경들이 서로 포개지며 세월이 흐르다 보면 새로운 역사가 됩니다.

 어느 나라든지 올드시티는 관광의 중심지가 되고 신도시는 산업이나 경제의 중심시가 됩니다. 사람들이 거주하기 시작한 이후 11세기부터 쉬르반샤족과 몽골족, 러시아인, 페르시아인들이 번갈아가면서 점령할 만큼 지리적으로 탐나는 자리였었나 봅니다. 지나간 아픔이나 상처에 관해서는 알 수 없지만 태연하게 아무 일 없었다는 듯 잘살고 있어서 대견합니다.

그런 바쿠가 2000년도 규모 6.5의 지진으로 많은 피해를 입었답니다. 당시 30명이 넘는 사람이 사망했고 수백 명이 부상을 입었습니다. 가히 피해를 짐작하게 됩니다. 더구나 공교롭게도 2000년에 유네스코 세계유산으로 지정되었는데 그만 지진 피해를 입은 것입니다. 켜켜이 쌓였던 역사가 한순간에 와르르 무너지고 말았으니 상심이 컸을 듯합니다. 유네스코는 이런 아제르바이잔을 두고 '지진 피해 복구 노력이 미비하다'는 이유로 바쿠 지역을 '위험에 처한 세계문화유산 목록'에 넣기도 했답니다. 원래 유네스코 목록에 지정되기도 어렵지만 관리 감독이 소홀하면 제외시킨다는 강력한 규제가 있으니 어쩔 수 없었을 것입니다. 다행히 복구에 힘써 2009년에 간신히 지위를 회복했다 하니 천만다행입니다. 오랜 동안 다양한 민족이 침입하거나 지진과 같은 자연재해가 자주 발생하여 이 도시에 살았던 사람들에겐 아픈 기억이 유난히 많았을 것 같습니다. 그러나 그렇게 상처가 많은 사람들끼리 서로 극복하고 공존하는 것도 이 나라의 힘이 되지 않았을까요?

*12*_ 카펫이 있는 풍경

이 나라에서 카펫은 특별한 의미를 갖는다고 합니다. 세상에 태어나면 카펫 위에서 걸음마를 배우고, 죽게 되면 카펫으로 말아서 묻는답니다. 태어나서 죽을 때까지 카펫과 함께하는 사람들. 우리나라처럼 온돌로 난방이 되는 나라에서는 카펫이 장식품이겠지만 이 나라에서는 필수품입니다. 카펫은 실크로드 대상들이 제일 많이 취급하던 것인데 18세기 이후 터키 문화가 유럽 귀족층에서 인기를 끌면서 터키 카펫과 페르시아 카펫이 급속도로 퍼지기 시작했습니다. 카펫의 기원은 이집트에서 시작되었다고는 하지만 이후 터키 중앙고원지대에 살던 유목민들이 가지고 다니기 쉬운 카펫을 만들어 난방이나 보온의 용도로 썼답니다.

모든 사원 안에는 카펫이 깔려 있는데 일관되게 사원을 문양으로 하고 그 지붕 꼭대기는 모두 메카를 향해 있습니다. 카펫의 문양은 형상을 구체적으로 그리지 않는 이슬람의 그림에서 보이는 것처럼 거의 기하학적입니다. 자세히 들여다보면 자연을 소재로 한 문양이 보여요. 새나 꽃이나 나무들이 연속하여 흐트러짐 없이 배치되어 있습니다. 여인들은 몇 달씩 앉아서 새 한 마리, 꽃 한 송이를 만들기 위해 온 청춘을 바치는 셈입니다. 혹시 누구라도 아제르바이잔을 가서 카펫을 보거든 아제르바이잔의 여인들을 기억해 주셔야 할 것 같습니다.

알고 보면 새로운 것이 보인다고나 할까, 여인들의 기도가 보입니다. 자세히 들여다보면 새도 보이고 나무도 보이기 시작합니다. 새 위에 앉아서 꽃

위에 앉아서 또 다른 새를 바라보는, 꽃을 짜는 여인의 노동도 보입니다. 왜 남자들의 노동보다 여자들의 노동이 더 안쓰러운 걸까요? 여자와 카펫, 왜 여자만 카펫을 짜야 했을까요? 여자가 시집을 갈 때 카펫을 혼수품으로 가지고 갔다고 하는데, 혼수품을 위해 청춘을 바친 듯합니다. 그래서인지 이번 여행에서는 어떤 여인의 기막힌 사연이 묻어 있는 작은 카펫을 하나 갖고 싶었지만, 결국 너무 커서 가져올 수 없었습니다.

저는 여기서 숨죽이며 시간 가는 줄 모르게 영화 촬영을 구경하고 카펫도 구경하다 그만 동생을 잃어버렸습니다. 그러나 걱정할 것은 없습니다. 아마 동생도 요 아래 가까이서 저 좋아하는 것을 찍고 있겠지요.

13 카라반사라이로 만든 레스토랑

중앙아시아에서 서남아시아를 향해, 아니면 그 반대를 향해 실크로드라 불리는 길을 터벅터벅 걸어가던 낙타는 어디쯤에선가 하루나 이틀쯤 정말로 고단한 몸을 쉬고 싶었을 겁니다. 이 나라에서는 이런 용도의 숙소를 카라반사라이karavan sarai라고 부릅니다. 지금은 모두 레스토랑으로 쓰이거나 여행자들의 숙소로 이용됩니다. 실크로드의 상인 몇백 명이 한꺼번에 머물던, 또 머물면서 그곳에 시장을 형성하기도 했던 숙소는 대부분 중정형으로 가운데 넓은 뜰을 가졌습니다. 이런 카라반사라이를 운영하던 사람들은 정치적인 연결고리를 갖는 대단한 세력의 귀족이고 부호가 되었습니다.

저는 '카라반사라이'라는 단어를 생각하면 서로 다른 언어의 왁자지껄한 흥정소리가 들리는 듯합니다. 고단한 삶 속에 사는 이들은 역마살을 가진 그 시대의 여행자가 아니었을까요?

대상을 따라 길 떠나면 엄마낙타를 향해 꺼이꺼이 울었을 아기낙타, 그런 어린 낙타를 그리워하던 엄마낙타를 생각하니 애잔해졌습니다. 사하라 사막에서 나보다 더 깊은 상념을 지닌 채 묵묵히 걷던 낙타를 생각합니다. 나는 그만 미안해져서 내가 이걸 계속 타고 가야 하나 고민했었습니다. 나도 내려서 낙타와 함께 걷고 싶었더랬습니다.

예전에는 대상들이 카라반사라이에서 여유로운 한때를 가졌듯이, 지금은 그곳에서 서로 다른 여행자들이 함께 섞여 이 지역의 음식과 공연을 즐길 수 있습니다. 내가 패키지여행보다 자유여행을 선호하는 이유는 이런 곳에서 옛 카라반들처럼 잠시 숨을 고르는 여행의 중간을 가질 수 있어서일지도 모르겠습니다.

우리는 여기까지 왔는데 한번쯤 제법 괜찮은 식당에서 밥을 먹어 봐야 하지 않겠냐는 의견을 모았습니다. 물론 이삼일 후에 갈 쉐키에는 더 큰 대상들의 숙소가 있기는 하지만 그곳은 시골이라 도심처럼 먹을거리가 넉넉하지 않다는 길잡이의 조언이 있었습니다. 한번쯤 먹어 봤다는 메이든 타워 옆의 카라반사라이를 들어갔습니다. 때를 넘긴 탓인지 종업원 머슴아이 둘의 주문받는 태도가 시원치 않았습니다. 자꾸만 가격대가 비싼 음식만 추천합니다. 슬슬 소통에 문제가 생기기 시작했습니다. 가격을 떠나 바쿠에서 꼭 먹어야 할 음식을 추천해 달라고 주문했지만 그들은 비싼 것만 고집합니다. 결국은 자신들이 제시한 가격 아래의 음식은 팔지 않겠다는 종업원의 대답. 우리는 전통시장 근처의 카라반사라이로 자리를 옮기기로 했습니다.

여행을 나오면 자주 문화 차이로 인한 갈등을 겪습니다. 제대로 된 그 나라의 전통음식을 찾는 것에도 어려움이 있겠지만 첫 번째 식당에서처럼 주문받는 방법이나 태도가 우리나라와 다를 때 기분이 종종 상합니다. 그러나 그럴 필요까지는 없습니다. 단지 문화의 차이로 보면 속 편합니다. 예를 들어 파리에 가서는 음식을 재촉하면 예의에 어긋난다고 합니다. 친구 하나가 파리를 가서 음식을 재촉했다가 엄청난 핀잔을 들었답니다. "지금 주방에서 셰프가 최선을 다해 만들고 있는데 주방이 바쁜 게 안 보이냐"고 핀잔을 주며 조용히 기다리라고 하더랍니다. 우리나라에서는 손님이 우선이지만 그 나라에서는 맛있는 음식이 우선이라는 걸, 그들에게는 오히려 맛이 자부심일 수 있다는 걸.

어쨌거나 우리는 옮긴 카라반사라이에서 갖은 과일에 올리브오일과 레몬

즙으로 소스를 만든 샐러드, 얇게 민 밀가루 전병같은 안에 고기와 약간의 야채를 다져 넣은 구탑이라는 요리, 홍갈xingal이라 불리는 만두요리, 그리고 케밥을 시켜 먹으며 그곳에서 한나절쯤 바쿠를 즐겼습니다.

14 이들에게 이슬람은 이렇습니다

　사실상 아제르바이잔의 이슬람은 생각만큼 엄격하지 않습니다. 히잡을 목숨처럼 강요하지도 않습니다. 그러다 보니 때로는 순결을 상징하는 히잡을 과감하게 벗어던진 것에 대해 세속적이라는 표현을 쓰기도 하지요. 그러나 이들에게 세속이란 현대적이라는 의미에 가깝습니다. 더구나 이들의 고대 종교나 역사를 알고 나면 종교에 대한 그들의 관용은 아주 오래된 일이라는 것을 이해하게 됩니다.

　이슬람을 믿기 이전부터 그들은 종교와 상관없이 함께 살아왔다고 합니다. 오래된 유대교를 믿는 사람들이 이슬람을 믿는 사람들과 이웃하여 함께 살아왔습니다. 법적으로는 민주공화국의 형태를 유지하며 종교의 자유를 인정합니다. 종교적인 영역에서는 이슬람교가 거의 국교처럼 인정되어 있지만 고대 원주민의 종교는 조로아스터교. 터키의 지배 시절에 이슬람교가 전파된 후에는 이슬람교가 아제르바이잔의 주요 종교가 된 것이지요.

　하지만 타 종교에 대해 너그럽다고 해도 자유로운 틈을 이용한 노골적인 기독교 선교에 대해서는 반대한다고 합니다. 그리하여 2012년부터 오래전부터 거주해 온 기독교인을 제외하고는 기독교 선교를 목적으로 입국하는 외국인들을 금지하는 법을 통과시켰답니다. 물론 이슬람 극단주의도 강제로 규제하고요. 그 외에도 러시아 정교회, 유대교, 아르메니아 정교회가 소수파로 서로 인정하면서 어울려 살고 있고, 수니파와 시아파 무슬림들도 서로 인정하면서 공존하며 살고 있다니 국경의 분쟁지역 이외에는 종교적인

분쟁은 없는 듯합니다.

실제로 강력한 이슬람교 국가인 모로코의 경우만 보더라도 여자와 남자가 예배를 보는 곳이 다를 만큼 엄격합니다. 히잡을 썼는가 하는 문제도 마찬가지입니다. 히잡을 쓰지 않으면 사원의 출입을 막습니다. 그러나 이곳 아제르바이잔은 알아서 믿도록 하는 이슬람으로, 그 너그러움이 좋아 보입니다. 우리는 극우단체인 IS 공포에 '이슬람'이라는 단어 자체가 무서웠던 터라, 너그러운 그들이 갑자기 또 다른 이슬람 종파로 보입니다. 경계하는 마음 없이 마음놓고 좋아해도 좋은 사람들이 사는 나라, 아제르바이잔입니다.

*15*_ 화가 알리 샴시

쉬르반샤에서 올드시티로 내려가는 길, 독특한 나무에 그린 그림 하나를 만났습니다. 만화영화에서 보았음직한 걸어 다니는 나무를 닮은, 머리에 빨간 꽃을 단 파란 눈의 나무여인이 나무에 그려져 있었습니다. 건너편에는 화가의 작업실을 겸한 갤러리가 오픈되어 있었습니다. 잃어버렸던 동생이 이곳에서 구경을 하고 있더군요. 석류 그림에 홀딱 빠져 있었습니다.

알리 샴시Ali Shamsi의 그림은 대부분 첫눈에 보아도 성깔 있는 그림들이었습니다. 무엇엔가 미친 듯이 빠져 사는 사람들에게서 볼 수 있는 특유의 독특한 표현 기법이랄까. 수백만 번쯤 붓질과 고뇌 이후에나 표현되었을 그림으로 매력이 있었습니다. 문득 그림보다 이 사람이 궁금해졌습니다.

명함을 하나 얻었습니다. 여행지에서 우연히 만난 사람 혹은 반한 사람, 그 자리에서 그 사람을 알기에는 시간이 부족하다 싶을 때 그 사람이 작가라면 여행에서 돌아와 홈페이지나 페이스북에 들어가 그 사람에 관해 리서치하곤 한답니다. 짧게 스친 감동을 더 오래 즐기기 위함이지요. 〈ALI SHAMSI AZERBAIJANI ARTIST〉라 적혀 있었습니다. 피로스마니와 우쉬글리 화가를 포함해 이번 여행에서 반한 미술가 셋이 있었는데 그 첫 번째로 만난 사람입니다.

돌아와 찾아본 정보에 의하면 알리 샴시라는 화가는 코카서스 산기슭, 쉐키의 작은 마을에서 1964년에 태어났습니다. 그의 첫 번째 캔버스는 바위라고 할 만큼 바위에 그림을 그리기를 좋아했던 모양입니다. 어려서부터 여성들의 이미지를 많이 그려 마을에서 문제제기를 당했던 해프닝의 천재성을 진작부터 가졌던 사람. 그러거나 말거나 아들의 예술적 재능을 알아본 아버지가 바쿠로 이사를 시켜 기숙학교에서 제대로 된 예술교육을 받도록 길을 열어 주셨다고 하네요. 어떤 그림이었을까요? 그의 갤러리 앞에 그려 있던 나무그림도 그 연장선이 아닐까요? 그는 아제르바이잔 국립예술학교에서 드로잉부터 제대로 배운 후 세계적인 화가가 되었다고 합니다. 우리가 흔히 저급하게 표현하는 '똘끼'(?)는 천재성을 가진 사람에게 적합한 단어라고 생각합니다. 그래서 저는 그런 단어를 블랙리스트만큼이나 사랑합니다.

경력이 꽤 화려합니다.

Exhibitions. 전시회.

First exhibition in 1995 in Baku 바쿠에서 1995 년 첫 전시회

1998 – solo exhibition, Dresden, Germany 1998 – 독일 드레스덴(Dresden) 개인전

2006 – solo exhibition, Houston, USA 2006 – 개인전, 휴스턴, 미국

2007 – solo exhibition, Riga, Latvia 2007 – 개인전, 리가, 라트비아

2008 – solo exhibition, Baku, Azerbaijan 2008 – 아제르바이잔 바쿠의 개인전

2009 – solo exhibition, Berlin, Germany 2009 – 독일 베를린 개인전

2009 – represented Azerbaijan in the project "Art for Tolerance" – ≪United buddy Bears≫ 2009 – 아제르바이잔 프로젝트 "Art for Tolerance"–≪United buddy Bears≫

2010 – solo exhibition in Dubai 2010 – 두바이 개인전

2010 – Evening exhibition at the Russian Information and Cultural Centre, Baku 2010 – 러시아 정보 문화 센터, 바쿠에서의 저녁 전시회

2011 – solo exhibition, Paris, France 2011 – 개인전, 파리, 프랑스

212

2012 - solo exhibition, Normandy, France 2012 - 개인전, 노르망디, 프랑스

2013 - solo exhibition in Italy 2013 - 이탈리아 개인전

2014 - solo exhibition devoted to Himalayan mountains, Baku, Azerbaijan 2014 - 아제르바이잔 바쿠의 히말라야 산맥에 전념한 개인전

2016 - solo exhibition, England, London 2016 - 개인전, 영국, 런던

외관도 예술가답게 독특합니다. 갤러리 앞에는 무궁화나무도 예쁘게 키워 놓았습니다. 누구라도 이 길을 지나면 지나치지 말고 꼭 들어가 보시길 권하고 싶습니다.

16 쉬르반샤 궁전에서의 휴식

쉬르반샤 궁Shirvanshah Palace은 1411년 샤 이브라힘으로부터 건축이 시작되었다고 합니다. 이곳을 관람하려면 입장료 4마나트를 내야 합니다. 바쿠의 언덕인 이체리쉐헤르에 지어진 이곳은 궁전 이외에도 지하 납골소, 이슬람 사원, 저수조와 목욕시설인 하맘 유적 등을 쉬엄쉬엄 돌면, 쏠쏠히 볼 수 있는 것들이 많습니다. 한나절 가지고는 엄두도 못 낼 곳이지요. 그러나 저는 내부 여러 유물 중에 잠시 금동신발 하나에 필이 꽂혔습니다. 우리나라 무덤 발굴 때도 종종 나왔던 금동신발입니다. 여기의 금동신발은 무령왕릉에서 출토된 금동신발과 사뭇 다릅니다. 샌들처럼 생긴 것으로 저승으로 가는 길에 멋쟁이 왕비가 마지막 선물로 신었을 법한 참 세련된 신발이었습니다. 그러나 먼 길 가기엔 너무 힘든 샌들. 영혼이 되어서야 신을 수 있는 금동신발이건만 이걸 신고라면 아리랑 노래처럼 10리도 못 가서 발병이 나겠습니다. 여기서도 떠나는 길은 언제나 슬픈 아리랑.

궁전을 박물관으로 꾸민 내부를 일일이 더 돌아볼까 하다가 빠르게 훑고 돌아나왔습니다. 여행지에서 으레 코스처럼 들리는 박물관이지만 충분한 역사를 알기 전에는 조금은 지루하기 마련이지요.

우리나라에서 코카서스 3국을 여행하기 시작한 것은 고작 몇 년 되지 않기 때문에 이 나라에 대한 정보가 많이 소개되어 있지 않습니다. 단지 10년 전쯤 노무현 대통령이 카스피해 공동유전개발을 위해 오셨을 때 아제르바이잔이라는 나라가 뉴스에 심심치 않게 나온 적이 있어 낯설지 않다는 것뿐이었습니다. 그러니까 우리에게 아제르바이잔은 산유국으로 인식되어 있는 것 정도가 고작입니다. 그러나 남겨진 유산으로 보면 매우 훌륭합니다.

　그곳에서 나와 지하 납골소와 사원, 하맘을 돌아보고 잠시 동생을 기다리며 나무 아래서 쉬기로 했습니다. 이럴 때 박물관의 유물을 택할 것인지, 바쿠의 바람을 택할 것인지는 순전히 여행자의 선택에 달렸습니다. 저는 바람을 선택했습니다. 이곳이 바람의 도시라고 하고, 언덕에 자리한 궁전은 카스피해의 바람을 느껴 볼 수 있는 곳으로는 제격의 장소였습니다. 어련히 알아서 이곳에 왕궁을 지었을라고요. 고작 천 년이 넘은 역사의 유물보다 만 년의 바람을 선택한 건 잘한 일이었습니다. 고양이 한 마리가 자기 다리 사이에 코를 박고 낮잠을 자고 있었습니다. 나도 고양이가 차지한 그늘로 잠시 머리를 들이밀고 누웠습니다. 최대한 내가 방해 받지 않기 위해선 고양이를 방해해서는 안 되었지요. 짧은 짬이었습니다. 기대만큼 바람이 예사롭지 않

앉습니다. 수천, 수만 년 전부터 불어 붙여진 바람의 도시 바쿠. 옛날 금동 샌들 신은 왕비도 먼 길 떠나다가 무거운 신발 벗어 두고 저처럼 쉬며 바람을 즐기다 가지 않았을까요?

이제는 쉬르반샤 궁전의 기억은 제 다리에 코 박고 잠 들던 고양이와 약간의 바람이 전부입니다. 여행은 가끔씩 참 사소한 것들이 오래 남지요. 그러니 여행은 대단한 것을 보러, 대단한 것을 경험하러 다니기보다 휴식이 필요할 때는 휴식을 위해 모든 것을 내려놓을 줄 알아야 참 좋은 여행이 되는 것 같습니다.

17_ 여행지에서 만나는 사람들

다시는

오지 못할 거라고

생각될 때

그 인연이 생전

처음이고 마지막이라는

생각이 들거나

한번쯤 안기고

싶을 때

그건 이 도시를

사랑을 시작했다는 뜻이다.

18 디리바바 영묘

마라자 마을 외곽에 위치한 디리바바 영묘는 1402년 건립된, 이란 쪽 이슬람 종파인 수피즘(수피파)의 성자 '디리바바Diri Baba'의 묘지입니다. 그는 생전에 많은 기적을 행하여 '살아 있는 할아버지'라 불리며 존경을 받았다고 합니다. 시신을 어떻게 올렸을까요? 눕혀 들어갔다기보다 세워서 들어갔다고 할 만큼 좁은 통로라서 신기하기만 합니다. 아무것도 지니지 않은 채 올라가기도 어려울 만큼 절벽은 가파른 통로들이 연결되어 있습니다.

이전에 수피즘에 대해 잠깐 관심을 가진 적이 있습니다. 터키에서 본 세마 춤도 이란의 신비주의 종파인 수피즘이라고 했습니다. 이스탄불에서 춤에 매료되어 저녁마다 소피아 성당 옆에서 보던 세마 춤. 20~30분을 한 방향으로 한없이 도는, 돌면서 경지에 이른다고 하는 묘한 춤이 수피즘이라고 했습니다. 동생 안이는 기도를 올려 주겠다며 자리를 잡고 기도 자세로 앉았습니다. 그 기도의 형식이 맞는지는 잘 모르나 안이가 해석한 인도 방식에 나도 그만 진지해졌습니다. 그리고 엄숙하게 지켜보기로 했습니다.

절벽 안쪽은 시신을 모신 곳으로, 관계자이거나 디리바바를 아주 존경할 법한 사람이 혼자 그곳을 지키면서 어쩌다 들르는 관광객이나 참배객들을 아주 심심한 눈으로 바라보고 있었습니다. 그러다가 우리의 기도를 보고 아주 재미있다는 듯 구경했습니다. 국적을 모르는 우리의 기도 방식이 너무 신기했던 모양입니다.

바위 안쪽으로는 깍아지른 듯한 계단이 보였습니다. 올라가도 되냐고 물으니 손끝 하나를 올리며 올라가랍니다. 우리의 행위를 본 터라 아마 안 되는 지역이었더라도 너그러웠을 눈치입니다.

엉거주춤 오르니 밖으로 통합니다. 한적하고 조용하여 산책하면 좋은 곳. 하루를 풀어놓아도 부족할 곳에 고작 1시간의 자유시간을 얻어 이곳 전체에 할애를 합니다.

쓰는 김에 더 쓰시지. 관심사가 다른 사람끼리 함께 여행을 한다는 것은 여간 맞추기 힘든 일이 아닙니다. 아니, 굳이 고집을 하면 그러라고 하겠지만 우리는 우리로 인해 계획했던 여행지 한 곳을 포기해야 하는 상황이 올까 봐 은근히 눈치를 봅니다.

_**19**_ 금요일의 모스크 - 쥬마 모스크

대부분의 모스크에 들어가기 위해서는 히잡 정도는 두르고 들어가 주는 것이 예의입니다. 히잡이란 머리에 써서 가슴까지 가리는 천인데 날도 덥고 하여 그보다는 작은 아미라와 비슷한 크기의 스카프를 하나 챙겨 작은 가방 안에 넣고 가끔씩 햇빛가리개로도 쓰면서 여러 용도로 이용했습니다. 다행히 이 나라는 종교적인 충돌에 대한 기록이 없을 정도로 종교적 차별이 없는 편이어서 스카프만 써도 모스크 들어가는 데 큰 제약을 받지는 않습니다.

아제르바이잔은 대다수가 이슬람을 믿는 무슬림입니다. 그러나 기독교, 유대교 등 다양한 종교가 공존하는 다문화, 다종교 국가입니다. 이슬람교뿐만이 아니라 유대교, 기독교, 가톨릭 정교, 조로아스터교 등의 사원이나 교회들이 시내에 자연스럽게 공존합니다. 아르메니아와의 분쟁이 종교적 갈등임에도 불구하고 아르메니아 교회가 있을 정도입니다. 그래서 아제르바이잔의 이슬람을 세속적 이슬람이라고 부르기도 하는데 이들은 오히려 종교의 관대함에 자부심을 느낄 정도라니 자연스럽게 모스크에 들어가기로 했습니다.

아마도 다종족이 만들어 낸 다문화, 다종교의 서로에 대한 관용과 함께, 더 이상 종교적 갈등을 겪고 싶지 않은 바람이 바탕에 깔려 있는 것이 아닐까 생각합니다. 그러나 종교의 포교 활동에 대해서는 엄격하다고 하니 우리나라 사람들의 선교 방식은 조심을 해 주어야 할 듯합니다. 자칫 국가문제로 번질 수도 있으니.

하루 다섯 번, 모스크에서 울리는 아잔 소리는 익숙해지면 그리운 소리이기도 합니다. 무슬림들이 걸치는 특별한 의상에서 그들을 우리와 사뭇 다른 방식으로 살아가는 특별한 사람으로 인식하기도 하지만, 이 낯선 문화와 종교를 이해하면 그들의 진지함에 함께 진지해집니다. 실제로 처음 모로코에 갔을 때 이들의 의상이 한없이 생소했었습니다. 이들이 걸치는 의상에는 몇 가지가 있는데 히잡이나 차도르(아바야와 거의 비슷한데 이란에서는 차도르라고 부름), 니캅(눈은 보이지만 몸 전체를 가리는 천), 아바야(얼굴, 손발을 제외한 온몸을 가리는 넉넉한 천), 부르카(머리부터 발끝까지 모든 신체를 덮는 망토)가 있을 만큼 종류가 다양합니다. 또 스카프처럼 생긴 아미라와 샤일라 같은 의상도 있으니 우리가 뒤집어쓰고 들어가도 무방한 것은 스카프쯤이 아닐까요?

의외로 단순한 듯하지만 참 다양합니다. 타일 문양과 카펫 문화는 어쩌면 이슬람 성전을 위해 생긴 듯합니다. 이쯤 되면 슬슬 이슬람이 재미있어집니다. 타일 문양이나 카펫 하나를 주제로 여행해 본다 해도 재미있을 것 같습니다. 중동의 역사나 종교의 원류를 찾아가는 여행도 괜찮은 여행이 되겠다 싶고요.

이곳 쥬마 모스크Djuma Mosque는 지은 지 그리 오래되지 않았는지 카펫이 새것이었습니다. 오래된 사원을 재건했다고 합니다. 발 아래 촉감이 아주 좋았습니다. 저는 몰래 양말을 벗고 구석에서 서성이며 카펫의 촉감을 즐겼습니다. 아, 아무도, 또 아무것도 없는 텅 빈 공간의 울림, 군데군데 던져진 듯한 성경책, 그리고 메카를 향한 카펫의 모스크 문양에 빠져서 나는 발가락 사이를 파고드는 카펫의 간지럼으로 행복했습니다. 이슬람의 매력이 카펫의 간지럼에 있다니, 허락만 해 준다면 한나절 카펫을 즐기고 떠나도 좋겠다 싶었습니다.

　그러나 오늘 안에 쉐키까지 가야 하니 이젠 그만 떠나자고 합니다. 나오다가 입구에서 이모를 꼭 닮은 여행객을 만났습니다. 유럽 쪽에서 온 여행객으로 미색 스카프를 쓰고 있는 분이었는데 나는 한순간 멈칫했습니다. 그러다가 안 되겠다 싶어 뒤돌아 뛰었습니다. 그리고 정중히 사진 한 장 찍기를 요청했습니다. 그리고 돌아와 인화를 해서 내 방에 걸었습니다. 이모를 닮은 천사입니다.

_20_ 쉬르반샤 왕들의 무덤, 예띠굼바즈

이곳은 아제르바이잔의 옛 수도였던 쉐마키라는 곳입니다. 9세기부터 12세기까지 쉬르반샤 왕조의 수도였던 곳으로 옛 왕궁터와 왕조의 무덤이 남아 있습니다. 7기의 왕 무덤이 있다 하여 예띠굼바즈Yeddi Gumbaz라고 부릅니다. 쉐키로 가는 길목, 한때는 실크로드의 중요한 거점 도시 역할을 하면서 가장 번성한 문화와 상업의 중심이었을 테지요. 그러나 열한 차례나 대지진을 겪으면서 잇단 외세의 침입과 화재로 더 이상 재건할 힘도 잃어 그냥 버리듯 두고 바쿠로 수도를 옮겼다고 합니다. 아직까지도 재건할 힘을 잃은 채 방치된 곳입니다. 그야말로 한 왕조가 무너진 역사의 현장이며 흥망성쇠의 흔적이 남아 있는 곳이지요.

다른 여행객들이 오면 이런 곳에서는 30분 정도가 충분한 시간이라고 합니다. 차에서 내리지도 않고 볼 것 없다며 그냥 가자고 하는 사람도 있다고 합니다. 그도 그럴 것이 볼 것이라곤 묘비와 엉겅퀴의 가시덤불뿐이랍니다. 그러나 저는 넉넉히 한 시간쯤 시간을 달라고 부탁하여 묘지를 산책하였습니다. 물론 선생님과 함께 한나절 같이 돈다면 시 몇 편은 읊어 주시겠지요? 저는 선생님 시 읊는 소리를 들으며 쓰러진 묘비석과 무성히 자란 풀 그 사이를 지나, 선생님의 시 사이를 지나, 엉겅퀴 풀들에 발목을 찔려가며 무성한 풀들을 찍겠지요. 옛 무덤 건너편 어저께쯤 던져놓은 시신이 붉은 천을 뒤집어쓰고 흙이 뽀송해지길 기다리고 있습니다.

엉겅퀴 사이로 보이는 스러진 비석들이 시처럼 서 있습니다. 그렇게 그들

의 시간이건, 내 지나온 시간이건, 혹은 선생님의 지나온 시간이건, 지나간 것들 사이를 걸어 보고 싶었습니다. 찔려 보고 싶었습니다. 드디어 조용한 언덕 위에 느릿한 평화가 보입니다. 오랜 모진 풍파를 겪고 이렇게 오랜 시간 흐르고 방치되어서도 이런 고요한 평화를 얻을 수 있다면 우리들의 미래가 그리 불안한 것만도 아니겠지요?

내가 너를

나태주

내가 너를
얼마나 좋아하는지
너는 몰라도 된다

너를 좋아하는 마음은
오로지 나의 것이요,
나의 그리움은
나 혼자만의 것으로도
차고 넘치니까…

나는 이제
너 없이도 너를
좋아할 수 있다.

21 쉐키 칸국의 여름 궁전

1979년에 지어진 쉐키 칸국Sheki Khanate의 여름 궁전입니다. 내부는 얼마나 화려하던지, 내부의 그림은 얼마나 많은 얘깃거리로 그려져 있던지 천일야화라도 들어야 할 듯합니다.

화려한 스테인드글라스와 온 벽에는 템페라화(계란 노른자를 섞은 안료로 그린 그림)가 있습니다. 배화교의 불꽃을 상징하는 무늬와 카펫에서 보았던 문양의 그림이 아주 이국적입니다. 이슬람이나 페르시아 계열의 냄새를 폴폴 내면서 화려함의 극치를 보여 주지요. 그림에 무수한 역사와 서사적인 이야기가 담겨 있고 그림마다 의미가 대단하다고 설명하지만, 독특한 화법의 그림과 색에 심취해 그 내용은 머리에 잘 들어오지 않았습니다. 스테인드글라스는 호두나무를 4~5센티미터로 잘라 작은 틀을 만들어 색유리를 끼워만들었다고 합니다. 나무틀 조각이 5,500개 정도. 베네치아에서 가져온 500개의 색유리가 쓰였으며 2미터마다 기둥을 세워 지진에 만전을 기했다고 하니 가히 작품입니다.

이곳 궁전에 관련된 재미있는 일화 하나는 외국의 사신이나 내빈이 방문하면 머무르는 방 창문 뒤에는 심복을 세우고 곳곳에 거울을 장식하여 감시를 했다고 합니다. 손님과 말하면서도 수시로 옆의 거울을 통해 밖의 동정을 살폈다고 하니 세상을 견제하는 왕의 마음도 참 편치 않았구나 싶었습니다.

동양과 서양이 만나는 실크로드의 변성기 때 가장 활발했던 쉐키 지역에 있는 여름 궁전. 문 입구 위에 'XAN'이라 쓰여져 있습니다. 아마도 중세의

몽고나 타타르 등의 황제 칭호로 통치자 KHAN을 말하는 것이겠지요. 단어 하나에 당당함이 보입니다.

얼마나 상업이 활발했던지 강력했던 쉬르반샤 왕조에 대적하여 1743년 독립을 하고 1819년까지 존재했었다고 합니다. 칸 사라이를 지어 여름을 이곳에서 났을 만큼 위력이 셌던 한 시절이 있었지만, 인생이란 일장춘몽, 1806년 짜르체제의 제정러시아의 속국으로 있다가 1819년 러시아로 편입 되었답니다. 그러니까 76년 만에 쉐키 칸국은 막을 내린 것이지요.

아제르바이잔에서 조지아로 가기 위해 하루쯤 쉐키 지역에서 머무는 일 정을 짜고 각 여행사마다 이곳에 들러 구경을 합니다. 한 20년 넘게 여름마 다 와서 지냈다고 하는 여름 궁전. 아무리 아름답게 지어졌다고 해도 사방에 거울을 배치할 만큼 감시하고 불안하게 살았다면 여름 궁전이 무슨 소용이 었겠습니까? 입구의 두 나무가 궁전의 높이보다도 높고 거대하게 그림자를 내리니 궁전은 시원했을 것 같습니다.

성벽을 따라 천천히 내려오니 예쁜 교회 하나가 보입니다. 6세기에 지어 진 알바니아 교회라고 하는데 아쉽게도 문을 닫을 시간이라 들어가지 못했 습니다. 지금은 자기나 카펫을 전시하는 박물관으로 쓰인다는데 아무래도 박물관으로 쓰이는 안보다 밖이 더 멋질 것 같아 그림 같은 교회를 느릿느릿 구경하며 지나쳐 왔습니다. 실제보다 멋있게 그린 그림 하나 보여 드릴게요. 이 그림은 여름 궁전 옆 숍으로 쓰이는 작은 박물관에 있던 그림이랍니다.

22 _ 삶과 죽음의 경계, 코카서스 산맥

삶과 죽음의 경계에서, 더 이상은 돌아갈 곳이 없었지만 포기하지 않으셨던 선생님. 이런 산맥 하나 한번쯤은 선생님과 함께 넘어 봐도 좋겠다는 생각을 해 봅니다. 삶과 죽음이 산맥 하나 넘는 것처럼 간단하진 않겠지만, 저역시 그 문턱에서 많은 갈등을 해 본 적이 있어서 '산맥'이라고 발음하는 것만으로도 늘 의미심장합니다.

이곳은 프로메테우스가 속임수를 써서 하늘나라에서 불을 훔쳐서 인류에게 주었다는 신화가 전해지는 곳입니다. 그는 그 대가로 신들의 왕인 제우스의 분노를 샀겠지요? 프로메테우스는 높은 코카서스Caucasus(Kavkaz)의 카즈베기산으로 추방되었고, 그 산의 암벽에 쇠사슬로 묶인 채 독수리들이 날마다 그의 간을 파먹는 형벌의 고통을 겪었다고 합니다. 그러나 훼손된 간은 매일매일 자라나서 복구되는 바람에 프로메테우스는 매일 간을 파먹히는 반복된 고통에 시달려야 했구요. 그런데 제우스의 아들 헤라클레스가 그를 장기간의 쓰라린 고통에서 해방시켜 주었다 합니다.

산맥을 넘기 위해 정상에서 잠시 쉬는데 산맥 언저리에 사는 아이들이 깐호두를 봉지에 담아 팔려고 달려옵니다. 이럴 땐 누구 것을 팔아 주어야 하는지 늘 고민입니다. 우리 돈으로 천 원쯤 하려나? 어린 호두가 야들야들합니다. 나는 차로 돌아와 동생이 까 주는 대로 아무 말 없이 호두를 받아먹으며 산맥을 넘었습니다. 경계에서의 호두 맛. 나무 한 그루 보이지 않는 높은산중입니다. 아이들은 어디서 그 많은 호두를 따고, 까서 들고 나왔을까요?

돌조각이나 팔면서 생계를 이어가는 아틀라스 산맥에서처럼 여기서도 산다는 것이 형벌 같다는 생각이 듭니다. 그러나 제 생각만 그럴까요? 의외로 아이들 눈이 맑았습니다.

이제 내려갑니다. 쉐키로 가서 하룻밤 지내고 조지아로 갑니다.

25 _ 국경을 넘으며

이제 아제르바이잔을 떠납니다. 아제르바이잔에 대해서는 아쉬울 것 없이 덤덤했습니다. 여행의 시작점이었지만 마음은 온통 아라랏산에 있었으므로 지나는 길목 같았으며 그냥 머무는 동안 따스한 사람들 덕분에 몇 번 와 본 나라처럼 편했습니다.

아르메니아와의 분쟁으로 종종 충돌이 일어나니 외교부에서는 충돌이 있을 때마다 아제르바이잔의 국경 나고르노-카라바흐 지역의 여행경보를 '여행자제(황색경보)' 지역이나 '철수권고(적색경보)' 지역으로 분류하여 긴급한 용무가 아니면 여행을 취소하라고 휴대폰을 정신없이 울려 대니 가끔은 불안하기도 했습니다만.

얼마 전에는 이스라엘의 한 여행자가 카바라흐 지역을 여행하고 블로그에 자신의 견해를 밝혔다가 잡혀갔다고도 합니다. 그만큼 정치적으로 예민한 상황이기는 하지요. 그러나 카라바흐 지역이 아니면 걱정할 것 없습니다. 우리가 판문점이나 비무장지대로 여행을 권하지 않는 것과 같은, 여행은 여행이랍니다.

국경을 넘으며 대기시간에 선생님께 문자를 보냈었습니다. 타고 왔던 차량을 보내고 국경은 걸어서 넘었습니다. 그러나 국경을 넘는다는 것은 언제나 긴장하게 했지요.

"선생님, 조지아로 넘어가는 국경을 넘어가요. 문자는 명료하게. 단문이면 받을 수 있습니다."

단지 상황에 따라 그 문자마저 그 다음날 되어서야 확인할 수 있긴 하지만, 아무튼 넘어갑니다, 이제.

여행 내내 누군가와 통하는 통로 하나쯤 갖고 싶었습니다. 그 통로가 선생님의 시여서 행복했으며, 언제 돌아오느냐는 문자로 인해 코카서스가 행복했습니다. 언젠가 티베트 여행을 다녀왔을 때 선생님이 사진이라도 꼭 보고 싶다 하셔서 앨범을 만들어 보여 드린 적 있었지요. 이번 여행에는 사진과 코카서스 정보에 대해 들은 대로 적어 선생님께 읽어 드리듯 보여 드리고 싶었습니다. 부디 이 여행기와 함께 코카서스를 여행하시기를 소원합니다. 동생 안이가 있어서 행복했으며 돌아갈 집이 있어서 행복했습니다. 외로울 때 읽을 시가 있어서 행복했습니다. 집에서 안이를 기다릴 제부가 제일 좋아하는 행복을 읊조려 봅니다. 긴 날 동안 함께 여행을 허락해 준 제부에게도 시로써 감사함을 전합니다.

행복

나태주

저녁때
돌아갈 집이 있다는 것

힘들 때
마음속으로 생각할 사람 있다는 것

외로울 때
혼자서 부를 노래 있다는 것.

여행 내내 선생님의 시에 감사드립니다.